KB273529

# 신나락만나락
## 춤추는 신화

신나락만나락
춤추는 신화

# 차 례



## 〈 I 〉

# 신화의 섬 제주,
# 우리 곁에 있는 신들의 이야기



## 〈 II 〉

# 함께 읽는
# 제주 신화 열세 거리

## Ⅲ

# 신화 속에 숨어 있는
# 의미와 상징

# 제주 신화 속 신들

## 설문대할망

제주를 창조한 거인 여신.
제주도와 한라산,
오름들을 만들었다.

## 천지왕

이승과 저승,
하늘 세상과 땅 세상을 다스리는
으뜸이 되는 신, 최고의 신.
총맹부인과 결혼하여 두 아들
대별왕과 소별왕을 낳았다.

## 대별왕

천지왕의 큰아들.
지혜롭고 마음이 넓으며
저승을 다스리는 저승신이다.
원래 이승신이었으나 소별왕에게 속아
저승과 맞바꾸었다.

# 소별왕

천지왕의 작은아들.
이승을 다스리는 이승신. 속이 좁고
욕심이 많으며 원래는 저승을 맡았으나
대별왕과 내기를 하여 속임수로 이긴 후
이승을 다스리는 신이 되었다.

# 삼승할망

아기를 잉태시켜 주고
태어나는 것을 주관하는 신. 남색 저고리에
흰 바지를 입고 자주색 치마에 분홍장옷을
걸치고, 한 손에는 은가위를 들고
한 손에는 참실을 들고 다닌다.

# 잿부기 삼형제

노가단풍ᄌ지맹왕아기씨의 세 아들로
과거에 장원급제하였으나 관직을
버리고 어머니를 살리기 위하여
너사메 삼형제와 의형제를 맺고
최초의 굿을 한 무조신이다.

# 노가단풍ᄌ지맹왕아기씨

너무 귀한 자식이라 부모님이
'이산줄기저산줄기제일고운하늘
노가단풍ᄌ지맹왕아기씨'라는
긴 이름을 지어주었으며,
무조신 삼형제를 낳고 기른 여신이다.

# 한락궁이

최초의 꽃감관 사라도령의 아들.
어머니 배 속에 있을 때
아버지가 서천꽃밭 꽃감관으로 가버리고
수명장자의 집에서 고생을 한다.
이후 아버지를 찾아가 꽃감관이 된다.

# 원강아미

서천꽃밭 꽃감관 사라도령의 아내이며
한락궁이의 어머니. 사라도령이 꽃감관이
될 수 있게 자신을 희생하고, 한락궁이가
꽃감관이 될 수 있게 또다시 희생하여
두 명의 꽃감관을 탄생시킨 여신이다.

# 감은장아기

스스로 세상을 개척하며
운명을 만들어가는 운명신.
강이영성과 홍은소천의 셋째 딸로 태어나
작은 마퉁이를 만나며 가난과 여자라는
열악한 운명을 바꾸어간다.

# 강림

차사 중에 가장 똑똑하며 저승으로 가서
염라대왕을 데리고 온 저승차사.
원님의 문제를 해결해 주었지만
염라대왕의 마음에 쏙 들게 되어
영혼을 빼앗기게 된다.

# 자청비

농사를 주관하는 농사신이며 사랑의 여신.
문도령에게 첫눈에 반해 죽음을 감수하고
온갖 시련을 이겨내어 하늘나라 문도령과
결혼한다. 이후 하늘나라 난을 평정하고
곡식의 씨앗을 가지고 땅으로 내려온다.

# 사만이

평소 어려운 사람을 도와주는
선행을 베풀었고,
저승차사 대접을 잘해서
서른 살 수명을 삼천 살로 늘리게 된다.
염라대왕의 분부로 수명신이 된다.

# 조왕할망

부엌을 지키는 신.
남선비의 부인인 여산부인으로,
노일제대귀일의 딸의 손에 죽어 오랫동안
추운 연못 속에 있었다 살아나
따뜻한 부엌을 지키는 신이 되었다.

# 녹디생이

남선비와 여산부인 사이에서 태어난
일곱 아들 중 막내아들로
지혜로우며 효성이 깊다.
지혜와 재치로 어머니를 구하여
문전신이 된다.

## 노일제대귀일의 딸

남선비를 꾀어 재물을 빼앗고
눈까지 멀게 한 노일제대귀일의 딸은
측간에 목을 매어 죽어
측간신이 되었다.

## 지장아기

이름 모를 병, 전염병 등을
막아주는 액막이신.
한이 맺힌 상태로 죽어 새가 되었으며,
이 새가 들면 병에 걸리게 된다.

## 마마신

아이들에게 천연두(마마)를 퍼뜨리는 신.
정성껏 잘 대접해주면 가볍게 마마를
앓고 가게 하고 섭섭하거나 기분 나쁘게
하면 지독한 마마를 앓게 한다.

## 고팡할망

재물과 복을 지켜주는 신.
고팡은 곡식을 저장하는 창고이며
고팡할망은 고팡에 저장하는 곡식을
지켜주고 복을 불러오는 신이다.

# I

## 신화의 섬 제주, 우리 곁에 있는 신들의 이야기

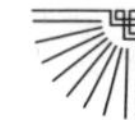

# 신화란
# 무엇일까요?

신화는 신들의 이야기예요. 옛날 사람들은 천둥, 번개, 폭풍우 등 자연현상을 다 이해할 수 없었지요. 그래서 상상의 힘으로 풀어내기 시작했어요. 제주에는 일만팔천이라 일컬을 정도로 많은 신이 있어요. 이 신들은 그리스·로마 신들과는 다른 특징을 가지고 있어요. 인간으로 태어나 갖은 고난을 극복하고 신으로 좌정하지요. 그 과정에서 거친 세상으로 내쫓긴 주인공들은 고난과 역경의 바람을 만납니다. 때론 이타심으로, 때론 긍정적 사고로 문제를 해결해 나가며 신의 경지에 이르는 길을 만듭니다. 어찌 보면 신화는 '어떻게 살아야 하는가.'라는 질문에 대한 현답이기도 하고 큰 그릇을 만들어가는 성장 스토리이기도 합니다. 신화는 우리 내면에 존재하는 또 하나의 자아를 비추는 거울이라 할 수 있습니다.

신화 속 주인공들은 섬이라는 지역을 고립된 장소로 여긴 것이 아니라, '세상을 향하여 나갈 수 있는 출발점'으로 여겼습니다. 미지의 세상을 모험하려는 대담함과 도전 정신이 신화 곳곳에 흐르고 있습니다. '그럼에도 불구하고' 긍정적으로 해결 방안을 찾아가는 주인공들이 신으로 좌정하는 과정 속에 그 도전과 용기는 살아 움직입니다.

또한 신들은 대자연의 숨결과 하나 되어 더 큰 차원에서의 사랑을 노래합니다. 하늘의 눈이 되고 땅의 귀가 되며 나무의 심장이 되어 속삭입니다. 자연과 인간이 하나 되고, 삶과 죽음이 이어지는 서사시를 읊조립니다. 희망의 꽃, 환생의 꽃, 신비의 꽃으로 연결되는 죽음과 삶을 노래합니다. 신화는 천년을 앞선 상징이고 상상의 결과입니다. 전승해야 하는 희망의 대서사시입니다.

제주 신화는 최근까지 굿판에서 심방(무당)들에 의해 암송되면서 전승되어 왔습니다. 연물 장단에 맞추어 신을 맞이하고, 춤사위로 대화를 하는 신명 나는 한마당이었습니다. 마을 사람들 모두가 함께 어우러져 울고 웃고 춤추며 아픔을 치유하는 장이었습니다. 지금도 제주의 신화는 여전히 제주 사람들의 생활 속에, 마을 공동체 속에 살아있습니다.

# 궁금해요,
# 제주 신화!

제주 신화는 보통 일반신화와 당신화, 조상신화로 나뉩니다. 일반신화는 세상이 생겨난 이야기인 천지 창조 신화와 인간 생명의 시작을 이야기하는 삼승할망 이야기, 농사와 사랑의 신 자청비 이야기, 운명을 개척하는 신 감은장아기 이야기 등 인간의 삶을 관장하는 신들의 이야기입니다. 당신화는 마을마다 있는 본향당, 해신당, 축신당 등 마을 수호신이나 생계 수호신 이야기입니다. 송당본향당의 금백주 이야기, 소천국 이야기, 김녕의 베네깃또 이야기, 와흘본향당의 서정승따님아기 이야기 등이 있어요. 조상신화는 집안에서 모시는 신에 대한 이야기예요. 신천리의 현씨일월 이야기, 화북 윤씨 집안 돌미륵 이야기, 김녕 송씨 집안 광청아기 이야기 등이 있어요.

　그중 일반신화 열세 거리를 소개하려고 합니다. 우리들이 살아가는 데 도움이 되고 어려움에 처했을 때 함께 고민하고 해결해 주며 삶의 원칙을 알려주는 이야기들입니다. 신과 함께하는 신기한 이야기 속에 풍덩 빠져 보세요. 신들의 탄생과 성장 이야기를 지나, 고난을 만나 극복하는 이야기 속에서 희망을 노래하는 신들의 숨결을 느껴보았으면 합니다. 이야기를 읽다 보면 주변의 다양한 사람들의 모습이 보일 거예요. 때론 나의 이야기이고, 때론 친구의 모습이고, 때론 옆집 아저씨의 이야기예요. 이야기가 해결되는 과정은 나의 고민이 해결되는 과정이기도 하지요.

　볼거리가 없던 시절 큰굿이 벌어지는 두 이레(2주) 14일 동안 동네 사람들은 신화와 더불어 종합예술을 체험해 왔습니다. 어느 순간부터 미신이라는 이름으로 배척했던 굿판과 심방들을 다시 원래의 자리로 돌려놓아, 우리들의 이야기를 우리가 다시 지켜야 하겠다는 바람을 담아 열세 가지 신화를 한 자 한 자 적어보았습니다.

　제주 신화 열세 거리가 우리 자신의 일상을 비춰보는 거울이 되었으면 좋겠습니다. 설문대할망, 삼승할망, 조왕할망, 녹디생이, 자청비, 잿부기 삼형제, 강림도령, 대별왕 소별왕이 입에서 입으로 전해지면서 우리와 더 친해졌으면 좋겠습니다. 우리의 삶이 신화 이야기와 더불어 따뜻하고 희망찼으면 합니다.

# 함께 읽는
# 제주 신화
# 열세 거리

# 제주를 만든
# 설문대할망 이야기

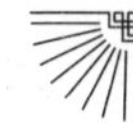

## 설문대할망본풀이

옛날 옛날 아주 먼 옛날, 하늘과 땅이 딱 붙어 있던 시절 이야기야. 혼돈의 세상이었지. 망망한 바다 한가운데 거대한 여신이 서 있었어. 설문대할망이었어. 어디에서 왔는지는 누구도 알 수 없었지. 한참을 하늘만 바라보던 거대한 여신은 두 손으로 하늘을 밀어올리기 시작했어. 이윽고 바다 빛깔 파란 숨결을 그 사이로 후- 후- 불어넣었어. 하늘과 땅 사이가 벌어지기 시작했지. 하지만 하늘과 땅은 서로 붙으려고만 했어.

"하늘과 땅이 자꾸 하나 되려 하는구나."

설문대할망은 망망한 바다 한가운데서 바닷속에 손을 넣고 휘이휘이 저었어. 다시 한번 손을 담가 바위, 돌, 모래, 흙을 끌어모았어. 생명의 에너지가 모여 기둥이 올라가기 시작했어. 기둥이 점점 높아지자 바다의 기운과 땅의 기운이 기둥으로 모였어. 아지랑이 같은 빛줄기가 하늘을 찌를 듯 번쩍였어. 하늘은 위로 올라가며 하얀 구름, 잿빛 구름, 검은 구름을 꺼내 놓았어. 이윽고 바닷속에 숨어 있던 흰 파도와 파란 물결이 모습을 드러냈어. 하늘과 바다는 뚝 떨어져 서로를 쳐다보게 되었어.

설문대할망은 허리를 굽혀 바닷속을 살폈어. 바닷속 깊숙한 곳에서 돌과 흙을 퍼내기 시작했어. 거대한 할망의 손은 바위와 모래, 흙을 단단하게 다지며 바다 한가운데 둥그런 섬을 쌓기 시작했어. 흙이 바다로 흘러내리자 바다와 접하는 면에는 커다란 바위를 빙 둘러 박았어. 해안선이 춤을 추는 듯한 예쁜 섬이 만들어졌어.

섬을 만든 설문대할망은 세상에서 가장 부지런한 남자와 가장 지혜로운 여자들을 골라 섬에 올려놓았어. 제일 아름다운 들꽃과 나무를 올려놓았어. 날짐승과 들짐승 중에서 사람을 해치지 않는 것들만 올려놓았어. 설문대할망의 허락 없이는 어떤 생명도 함부로 섬에 올 수 없었어.

할망의 손은 생명의 샘을 섬 구석구석에 만들었어. 할망의 손이 닿은 곳에선 신령스러운 물이 샘솟았어. 바닷가 바위 틈새에서도 단물이 솟아 나왔어. 산속 곳곳에 호수가 생겨 나무와 풀벌레들에게 물을 주었어. 한라산 기슭의 물장오리는 설문대할망이

유난히 아끼는 산정호수였어. 설문대할망의 눈빛처럼 깊은 호수였지. 아무리 가물어도 물이 마르지 않는 신비로운 호수였어.

설문대할망은 섬이 마음에 쏙 들었어. 하늘과 바다를 가른 기둥은 섬 한가운데 묵직하게 앉아 별을 담는 우주의 그릇이 되었어. 섬에서 가장 높은 산이기도 하고 하늘에서 가장 가까운 신들의 정원이기도 했어.

설문대할망은 거대한 여신이었어. 키가 얼마나 큰지 잠을 잘 때면 한라산을 베개 삼아 베고 다리를 쭉 뻗었는데 발가락이 바다에 닿았어. 발가락을 꼼지락거리면 철렁철렁 파도 소리가 났지. 심심하면 고근산을 깔고 앉아 오른쪽 다리는 제주시 앞바다에 있는 관탈섬에, 왼쪽 다리는 서귀포 범섬에 걸쳐놓고 물장구를 쳤어. 앉은 채로 다리를 쭉 뻗어 바닷물 속에서 발가락을 꼼지락거리다 엄지발가락을 까닥거리는 바람에 범섬에 구멍이 뽕 뚫리고 말았어.

빨래를 할 때는 두 다리를 관탈섬과 마라도에 걸치고 우도를 빨랫돌 삼아 빨았어. 설문대할망이 빨래를 할 때는 제주 바다에 태풍이 휘몰아치는 것 같았어. 빨랫방망이를 뚝딱뚝딱 두드리면 우르르 쾅쾅 천둥 번개가 치는 줄 알고 새들이 혼비백산하여 날아가고, 동물들이 걸음아 날 살려라 하며 도망갔어.

어느 날 설문대할망은 한라산 꼭대기에 있는 바윗돌들을 집어 공기놀이를 하였어. 놀이를 하다가 심심하면 바다를 향해 톡톡

던졌어. 그래도 심심하면 먼바다로 휙휙 던졌어. 그때 바다에 떨어진 돌들은 섬 주변의 수많은 무인도가 되었어. 놀이를 하다 두고 온 공깃돌들은 큰 바위가 되어 이곳저곳에 널브러져 있어. 사람들은 설문대할망의 손길이 스친 돌이라고 하여 무슨 일이 있으면 설문대할망에게 말하듯 호소를 하곤 했어.

섬을 만들고 한라산을 만드느라 지친 설문대할망은 밤이 되면 정신없이 쓰러져 잠이 들었어. 몸만 지친 것이 아니었어. 한 벌밖에 없는 옷도 누더기가 되어버렸어. 흙을 나를 도구가 없어 치마로 나르다 보니, 치마에는 온통 구멍이 숭숭 나 있었어. 할망은 치마에 흙과 돌을 담고 섬 이곳저곳에 작은 산들을 만들었어. 설문대할망이 지나는 곳곳마다 치마의 터진 구멍으로도 흙이 흘러내려 소복소복 쌓였어. 자그마치 360여 개의 오름이 생긴 거야. 생명의 신 설문대할망이 만든 한라산과 오름에서는 아름다운 들꽃과 나무 열매들이 사계절 내내 사람들을 맞이했어. 소나 말이 먹을 풀들도 잘 자랐어. 사람들은 소나 말을 오름에 보내어 풀을 뜯어먹게 했어.

어느 날 설문대할망은 지친 몸을 쉬려고 한라산에 털썩 걸터앉아 바다에 발을 담그려고 했어. 그 순간 소리쳤지.

"아얏!"

산꼭대기가 뾰족하여 엉덩이를 찌른 것이었어. 설문대할망은 벌떡 일어나 뾰족한 꼭대기 부분을 한 줌 파내어 던져버렸어. 떼어낸 뾰족한 꼭대기 부분은 바람처럼 안덕으로 날아가 박혔어. 그게 지금의 산방산이야. 움푹 파인 자리에는 하늘에서 가져온 맑은 물을 채워놓았어. 세상에서 제일 아름다운 호수가 만들어 졌어. 호수에는 밤마다 별들이 쏟아져 내렸어. 낮에는 바다의 기 운과 땅의 기운, 하늘의 기운이 바닷속으로부터 하늘까지 길을 만들었어. 바닷속 깊은 곳에 사는 붉은 용이 세상을 구경하고 싶 을 때면 별들이 내리는 한라산의 호수를 통하여 불기둥처럼 솟 구쳐 올랐어. 그러나 바다를 사랑하는 용은 세상 구경을 하고 나 면 금세 바다로 달려가 사라지곤 했어.

설문대할망은 매일 밤 호수를 밤하늘의 별들로 가득 채워 놓 았어. 밤하늘에서 호수까지 이어지는 은하수는 너무 아름다웠 어. 가끔 북두칠성도 내려와 놀았어. 별의 강물 은하수에 하얀 쪽 배를 띄우고 신선들이 내려와 놀다 가기도 하였어. 하얀 수염을 휘날리는 신선들이 흰 사슴을 타고 내려와 놀다 간다 하여 백록 담이라 불렀어. 백록담은 거울처럼 맑았어. 하늘에 있는 신들이 자신을 비추어 보는 거울로 쓰곤 했어. 구름이 지나다 머물기도 하고, 새들이 날아가다 머물기도 하였어. 백록담에 달빛이 내려 오면 서북벽에 피어난 한라산 돌매화가 노래를 했어. 은하수 따 라 별들이 와르르르 내려오면 영실 계곡에서 놀던 바람과 안개 가 몰려와 함께 놀았어.

하얀 수염의 신선들이 흰 사슴을 타고 내려올 때면, 설문대할망이 입으로 후- 후- 입김을 불었어. 설문대할망의 입김은 하얀 안개가 되어 소리 없이 산 전체로 퍼져나갔어. 온 산이 하얀 안개로 가득 덮이면 길도 사라져버리고 나무도 사라져버렸어. 사람들은 안개로 한 치 앞도 볼 수 없는 날에는 산에 오르지 않았어.

설문대할망은 빗물 하나도 허투루 버리지 않았어. 아흔아홉 개의 골짜기를 만들어 물을 품었어. 하늘에서 내린 비는 아흔아홉 골짜기의 품을 지나 바다로 흘러갔어. 콸콸콸 쿠당탕탕 시끄럽게 소리 내며 흐르던 물은 산골짝을 지나며 졸졸졸 흐르다가 바다로 들어갈 때면 조용해지곤 했어. 설문대할망의 마음을 닮은 큰 마음이 되는 거지. 모든 것을 받아주는 제주 바다의 마음은 설문대할망의 마음이야.

곶자왈로 들어간 빗물은 깊은 땅속 나무뿌리 사이사이에 구멍이 숭숭 난 돌들을 품었어. 돌과 나무뿌리 사이로 스며들어 땅속 깊은 곳에 샘을 만들었어. 설문대할망의 손과 가슴에 스민 물은 생명의 씨앗들을 키웠어.

설문대할망은 성산 일출봉 등경돌 위에 등잔불을 켜서 길쌈을 했어. 해가 우뚝 솟아오르면 설문대할망의 등잔불이 꺼졌어. 해가 지면 어김없이 불이 켜졌어. 지금도 등경돌은 변함없이 그 자리를 지키고 있어. 설문대할망이 언제 돌아와서 다시 등잔불을 밝힐지 모르니까.

설문대할망이 오줌을 누면 홍수가 되어 사람들은 물난리를 겪어야 했어. 오줌의 줄기가 얼마나 세었던지 땅이 파이곤 하였어. 어느 날 동쪽 끝의 땅 한 쪽이 오줌 줄기에 끊겨 나가 섬이 되어 버렸어. 그게 지금의 우도야. 오줌은 바다로 흘러 성산포와 우도 사이를 지났는데 깊이가 깊고 물줄기가 세어 지나던 배들이 다 뒤집히기도 했어.

하나밖에 없는 옷이 누더기가 되자, 설문대할망은 옷을 하나 새로 만들고 싶었어. 그러나 워낙 몸집이 커서 옷감이 너무 많이 필요했어. 며칠 고민한 설문대할망은 사람들에게 걸어가기 시작 했어. 속옷만이라도 새로 지어 입고 싶어서였어. 섬사람들도 설 문대할망에게 걸어오고 있었어. 설문대할망에게 육지까지 다리 를 놓아달라고 부탁하러 오는 거였어. 바다가 너무 거칠고 험하 여 배를 타고 육지에 가다가 풍랑을 만나 죽는 사람들이 많았기 때문이었지. 설문대할망과 사람들은 동시에 말하였어.

"육지까지 다리를 놓아주십시오."

"명주로 속옷 한 벌만 새로 만들어주시오."

설문대할망과 사람들은 서로 약속했어. 사람들은 설문대할망 에게 새 옷을 만들어 주기로 하고 명주를 모으기 시작했어. 옷을 만들려면 명주가 족히 백 동은 있어야 하는데 그게 그리 쉽지 않 았어. 그 어마어마한 명주를 구하려 모든 사람이 한 해 동안 아무 일도 하지 않고 부지런히 누에를 치고 명주를 자았어. 약속한 날, 사람들이 짠 명주를 한데 모아보니 이걸 어째, 99동밖에 되지 않았어. 딱 한 동이 부족했어.

사람들은 설문대할망을 찾아가 사정을 했어. 다리를 만들다가 멈춘 설문대할망은 너무 실망을 해서 한숨만 쉬었어. 99동으로는 새 옷을 만들 수가 없었거든. 사람들이 아무리 사정해도 소용없었어.

"100동이 다 채워지면 다시 오게나."

이상하게도 명주 100동은 채워지지 않았어. 아무리 노력해도 늘 한 동이 부족했어. 설문대할망은 다리를 놓다가 포기하고 어디론가 사라졌어. 설문대할망이 다리를 놓다가 멈춘 곳이 조천읍 조천리 엉장매 바닷가에 있지. 매일 파도가 달려와 안타까워하고 있어. 갈매기들도 날아와 흰 파도 위를 오르내리며 안타까워하고 있지.

어느 날 설문대할망은 결심한 듯 어디론가 걷기 시작했어. 용이 놀다 가는 연못, 용연으로 들어갔어. 용연의 물은 설문대할망의 발등까지 찼어. 할망은 용연의 맑고 푸른 물결을 어루만지고는 발걸음을 서귀포로 옮겼어. 홍리 깊은 물에 들어섰어. 홍릿물은 설문대할망이 무릎까지 찼어. 설문대할망은 아무 말 없이 나와 한라산 중턱을 향해 걸었어. 나무들이 어깨 걸고 지켜온 산정호수, 하늘이 내려와 쉬고 간다는 호수, 물장오리에 도착했어. 깊이를 알 수 없어 누구도 들어간 적이 없다는 하늘 호수였어. 사람들은 밑바닥이 뚫려 있어 누구도 들어가면 다시 나올 수 없는 창

터진 물이라 했어.

설문대할망은 주위를 돌아보며 평온한 미소를 짓더니 말없이 물장오리 안으로 걸어갔어. 나무들이 어깨 걸고 그 모습을 보았어. 바람도 숨죽여 그 모습을 보았어. 하늘이 내려와 거대한 여신의 몸과 하나 되었어. 물장오리 깊은 물은 한라산 모든 나무의 뿌리들과 이어져 있었어. 그 뿌리들은 섬의 모든 들꽃과 들풀의 뿌리와 이어져 있었어. 아무도 소리를 내지 않고 보고 있었어. 흙과 물과 바람과 하늘이 하나 되어 나지막한 합창이 울려퍼졌어.

그 순간 설문대할망이 바람인 듯 홀연히 사라져버렸어. 세상이 숨 멎은 것처럼 고요했어. 바다를 품은 섬을 만든 설문대할망이 별을 품은 산과 하나 되었어. 설문대할망이 섬이 되는 순간이었어. 신이면서 섬이고, 섬이면서 바다인 설문대할망. 바람이면서 바다이기도 한 설문대할망은 그렇게 온 섬이 되었어. 사라졌지만 사라진 게 아니야.

설문대할망이 물장오리 속으로 들어간 날, 사람들은 한라산을 베고 누워있는 거인 설문대할망을 보았어. 바위인 듯 거친 산허리에서 봄이면 꽃들을 피워내는 부드러운 대지 설문대할망의 모습을 보았어. 가끔 아흔아홉 골짜기에 멈추어 서면 바람이 되어 다가온 설문대할망의 목소리가 들려온대. 한라산 구석에서 길을 잃은 사람들을 지켜주는 산신의 음성이 나직하게 들린대.

# 세상이
# 생겨난 이야기

천지왕본풀이

아주 오랜 옛날에는 하늘과 땅이 딱 맞붙어 있었대. 어느 날 하늘에서 파란 이슬이 내리고, 땅에서는 검은 이슬이 솟구쳐 올랐어. 파란 이슬, 검은 이슬들이 서로 합쳐졌다 나누어지기를 되풀이하더니 별들이 생겨나기 시작했어. 견우성, 직녀성, 북두칠성, 삼태성 등 반짝이는 별들이 밤하늘을 수놓기 시작했어. 동쪽에선 파란 구름이, 서쪽에선 하얀 구름이, 남쪽에선 빨간 구름이, 북쪽에선 검은 구름이 오르락내리락하더니 해가 둘, 달이 둘 솟아오르고, 이어서 하늘과 땅이 갈라지기 시작했어.

세상은 어지러웠어. 해가 둘이어서 낮에는 더워 죽을 지경이었고, 달이 둘이어서 밤에는 얼어 죽을 지경이었어. 풀과 나무,

새와 짐승, 생명이 있는 모든 것들이 사람처럼 말을 하였어. 동물과 인간을 구분할 수 없었어. 식물과 동물이 이야기를 주고받았어. 새도 말을 하였고 다람쥐도 쪼르르 달려와 수다를 떨었어. 귀신과 인간이 서로 부르고 대답을 하며 놀았어. 세상은 너무 시끄러웠어.

천지왕은 인간 세상을 내려다보며 걱정을 하였어.

"세상이 너무 어지러워. 좋은 방법이 없을까?"

걱정을 하다가 잠시 잠이 든 천지왕은 이상한 꿈을 꾸었어. 하늘에 떠 있는 별 중 두 개의 별이 유난히 반짝거리더니 두 마리 용으로 변하여 땅으로 내려가는 것이었어.

"오호라, 세상의 질서를 바로잡을 아들을 낳을 꿈이로다."

천지왕은 땅을 내려다보며 중얼거렸어.

그 순간 하늘의 빛이 기둥을 만들더니 총맹부인의 집까지 빛 계단을 놓는 거야. 천지왕은 날개 갑옷을 입고 활을 메더니, 오색 구름 위에 올라탔어. 구름은 빛기둥 앞에 멈췄어. 천지왕은 빛계단을 따라 내려갔지. 총맹부인의 초가집 마당이었어. 가난한 총맹부인은 하늘의 임금님인 천지왕을 맞아 맛있는 음식을 대접하고 싶었어. 그렇지만 저녁 한 끼 대접할 쌀도 없었어.

"어쩌나, 쌀이 하나도 없네."

총맹부인은 어쩔 수 없이 수명장자에게 쌀을 꾸러 갔어. 수명장자의 곳간에는 늘 쌀이 가득 차 있었거든.

"수명장자님, 쌀 한 되만 꾸어주셔요."

마음씨 나쁜 수명장자는 쌀에다 돌멩이를 섞어서 주는 거야. 천지왕이 밥을 한술 떠서 입에 넣으니 부드득하고 돌이 씹히는 게 아니겠어?

"총맹부인, 어찌 밥에 돌을 넣었소."

"실은 수명장자에게 쌀을 꾸러 갔더니 쌀 반 돌멩이 반이라 아홉 번을 씻고 돌을 골라냈지만 다 골라내지 못했나 봅니다."

총맹부인은 너무나 죄송하여 고개도 들지 못하고 개미 목소리로 말했어.

"괘씸하도다, 수명장자. 괘씸하도다. 가난한 사람을 도와주지는 못할망정 심술을 부리다니."

천지왕이 화를 내니 땅이 흔들흔들거렸어. 산이 통째로 흔들거렸어. 나무들도 휘청거렸어.

"여봐라, 벼락장군! 우레장군! 수명장자의 집을 태워버려라."

으리으리했던 수명장자의 집은 순식간에 잿더미로 변해버렸어. 천지왕은 그것도 모자라 수명장자의 딸은 팥벌레로, 아들은 솔개로 만들어 버렸어.

천지왕은 곧 총맹부인과 결혼했어. 그러나 하늘나라를 다스려야 하기 때문에 총맹부인 곁을 떠나야 하였지.

"부인은 이제 곧 아들 형제를 낳을 것이니, 큰아들은 대별왕이라 이름 짓고, 작은아들은 소별왕이라 이름 지으시오."

"네."

"아이들이 나를 찾거든 이 박씨를 주고 심으라고 하시오."

천지왕은 박씨 두 알을 주고 오색 구름을 타고 하늘로 올라가 버렸어.

얼마 후, 총맹부인은 쌍둥이를 낳았어. 글공부를 할 나이가 되어 서당에 보냈는데 너무나 총명하여 칭찬이 자자했어. 착하고 똑똑한 두 아들 덕분에 총맹부인은 하루하루가 행복했어.

그러던 어느 날,

"어머니. 아버지가 누군지 가르쳐 주십시오. 서당에 가면 아이들이 '아버지 없는 자식'이라고 놀립니다."

쌍둥이는 울면서 어머니에게 말했어.

"너희 아버지는 하늘나라 천지왕이다. 하늘나라로 가시면서 이걸 주고 가셨단다."

총맹부인은 그제서야 모든 이야기를 하고 박씨를 내주었어.

대별왕과 소별왕은 박씨를 정성껏 심었어. 박씨는 심자마자 싹을 틔우더니 하룻밤 사이에 쑥쑥 자라 하늘까지 올라갔어. 나무보다 더 단단한 줄기에, 무쇠처럼 단단한 잎이 돋아났어.

"우리 이 줄기를 타고 올라가 보자."

"그래요, 형. 하늘나라는 어떻게 생겼을까?"

형제는 하늘까지 뻗은 박 줄기를 보며 좋아했어. 줄기를 계단 삼아 하늘까지 올라갔지. 박 줄기는 천지왕의 의자 오른쪽에 감겨 있었지. 천지왕은 형제를 보고 매우 기뻐하였어. 하지만 얼마나 용맹스러운지 시험을 하고 싶었어. 천지왕은 천 근이나 되는 활과 백 근이나 되는 화살을 주며 말했어.

"너희들이 내 아들이라면 이것으로 해와 달을 하나씩 쏘아 떨어뜨리거라."

대별왕과 소별왕은 가장 높은 산에 올라갔어. 동쪽 바다를 향해 활을 겨누었어. 얼마나 지났을까. 멀리 바닷속에서 붉은 해가 솟구쳐 올랐어. 잇따라 또 한 덩이가 솟구쳐 오를 때 대별왕이 활을 쏘았어. 천 근 활에서 튀어 나간 백 근 화살은 햇덩이를 정확히 꿰뚫었고, 해는 동쪽 하늘 끝으로 날아가 샛별이 되고 말았어.

해가 저물자 다시 싸늘한 달이 솟구쳐 올랐어. 두 번째 달덩이가 솟구쳐오를 때 소별왕이 활을 힘차게 쏘았어. 그러자 달덩이는 기운을 잃고 멀리 날아가 초저녁 개밥바라기 별이 되고 말았어.

"과연 내 아들들이로다. 장하도다."

천지왕은 아주 기뻐하며 벼슬을 내려주었어.

"대별왕은 산 사람들이 사는 이승을 다스리고, 소별왕은 죽은 사람이 사는 저승을 다스려라."

천지왕은 질서가 잡힌 평화로운 세상을 생각하며 행복해했어.

그런데 죽은 사람이 사는 세상을 맡게 된 소별왕은 산 사람이 사는 세상을 다스리고 싶었어. 소별왕은 꾀를 내었어.

"형님, 우리 수수께끼를 내어 이기는 사람이 이승을 차지하도
록 합시다."

"그래 그래. 네 말대로 하자."

마음씨 좋은 대별왕은 허락을 했어. 대별왕이 먼저 수수께끼
를 내었어.

"아우야, 어떤 나무는 사철 푸르고 어떤 나무는 가을이 되면
잎이 떨어지느냐?"

"속이 꽉 찬 나무는 사철 푸르고, 속이 빈 나무는 가을이 되면
잎이 집니다."

"아우야, 그리 말하지 말아라. 대나무는 마디마디 속이 비어도
잎이 지지 않고 더 무성해진다."

대별왕은 다시 수수께끼를 내었어.

"아우야, 무슨 까닭에 동산의 풀은 잘 자라지 않고 우묵한 곳
의 풀은 잘 자라느냐?"

"높은 곳에 있는 것은 자라지 않고, 낮은 곳에 있는 것은 길게
자랍니다."

"반드시 그런 것은 아니다. 사람을 보아라. 머리카락은 높은
데 있어도 길지만, 발등에 있는 털은 낮은 데 있어도 짧지 않느
냐."

소별왕은 아무리 애를 써도 대별왕에게 이길 수 없을 것 같았어.

"형님, 수수께끼 말고 꽃 키우기 시합을 하는 게 어떻겠습니

까?"

"그래 그래. 네 말대로 하자."

"꽃이 잘 자라면 이승을 차지하고 시들면 저승을 차지하는 것이 어떻습니까?"

"그래 그래, 네 말대로 하자."

대별왕은 다시 허락했어. 둘은 정성껏 꽃씨를 심었어. 그러나 이번에도 소별왕이 심은 꽃은 시들시들하고, 대별왕이 심은 꽃은 싱싱하게 잘 자랐어. 소별왕은 시든 꽃을 보면서 너무 속이 상했어. 그래서 다시 꾀를 냈어.

"형님, 이번에는 누가 오래 자나 잠자기 내기를 합시다."

"그래, 알았다. 네 말대로 하자."

두 형제는 잠을 자기 시작했어. 대별왕은 아무 의심 없이 편안하게 잠들었어. 피곤하던 터라 깊은 잠에 빠지고 말았어. 그러나 소별왕은 자는 척하고 있다가 얼른 일어나 자기 꽃과 형의 꽃을 바꾸어 버렸어. 소별왕은 대별왕을 깨웠어.

"형님, 이젠 일어나세요. 무슨 잠을 그리 오래 잡니까?"

"내가 너무 많이 잤구나."

대별왕은 잠에서 깨어나 꽃을 보았어.

"내가 잠을 자는 사이에 꽃이 시들어 버렸네."

동생의 꽃은 잎이 아주 싱싱한데, 형의 꽃은 보잘것없었어.

"내가 졌구나. 그럼 네가 사람이 사는 이승을 차지하렴. 나는 저승을 맡으마.”

대별왕은 소별왕에게 이승을 물려주고 죽은 사람이 사는 저세상으로 가버렸어.

소별왕은 기분이 좋아 사람이 사는 세상, 이승으로 내려왔지. 그러나 세상은 매우 어지러웠어. 짐승과 풀과 나무가 말을 하고 귀신과 사람이 서로를 부르는 통에 너무 시끄러웠어.

“내가 더 많이 가질 테야.”

“아니야. 내가 더 가질 거란 말이야.”

사람들이 싸우고 난리가 났어. 싸움과 전쟁이 끊이지 않았어. 소별왕은 고민하다가 대별왕을 찾아갔어.

“형님, 도와주십시오. 풀과 짐승이 말을 하고, 귀신과 사람이 함께 사니 제힘으로는 도저히 세상을 다스릴 수가 없어요.”

“그래 그래, 네 말대로 하자.”

마음씨 착한 대별왕은 이승에 내려와서 큰 혼란을 하나하나 정리해갔어.

“자, 이젠 말을 하지 말아라.”

소나무 껍질을 닷말 닷되 가루 내어 마파람 결에 뿌리니 초목과 새, 짐승들의 혀가 마비되어 말을 못 하게 되었어. 그다음은 살아있는 사람과 귀신을 구분하기 시작했어. 몸무게를 달아 백 근이 되면 인간 세상으로 보내고 백 근이 안 되면 눈동자를 두 개 박아서 귀신으로 처리하였어.

"넌 백 근이 넘으니 이 세상에서 살아라."

"넌 백 근이 안 되니 귀신이다. 저세상으로 가거라."

그때부터 귀신은 눈 하나에 눈동자가 두 개씩 있어서 저승과 사람을 동시에 볼 수 있게 되었대. 사람은 눈 하나에 눈동자가 하나라 사람은 보나 귀신은 못 보게 된 거지.

이렇게 해서 세상의 질서가 잡히기 시작했어. 자연의 질서는 아주 잘 잡혔어. 꽃과 나무는 말을 하지 않았어. 귀신들도 함부로 다니지 않게 되었어. 대별왕은 거기까지 해 주고 저승의 일이 많아 돌아가 버렸어.

사람들끼리 어떻게 살아야 할 것인지는 소별왕이 정리를 해야 하였지만, 사람들은 소별왕을 무시하고 이야기를 들으려 하지 않았어. 대별왕과 내기를 할 때 속임수를 썼던 것을 다 알고 있었기 때문이지. 사람들끼리 서로 미워하고 싸웠지만 소별왕은 다스릴 수 없었어. 인간 세상은 여전히 어지러웠어. 소별왕은 다시 대별왕을 찾아갔어. 하지만 대별왕은 더 이상 동생을 도와주지 않았어. 지금까지도 도와주지 않고 있지.

이 세상에 사는 사람들이 나쁜 짓을 하고 서로 미워하는 것은 그 옛날 소별왕이 다스리게 되면서 생겨난 일인 거지.

# 서천꽃밭 꽃씨로
# 아기를 점지하는 할망

## 삼승할망본풀이

먼 옛날 동해 용왕은 아름답다고 소문이 난 서해 용왕의 공주와 결혼을 하였어. 그런데 마흔이 다 되어도 자식이 없어 걱정이 이만저만이 아니었어. 백일기도를 올리면 자식을 얻는다는 말을 듣고 백일기도를 올렸어. 백일기도 후 용왕 부인은 달빛처럼 고운 딸아이를 낳았어. 그러나 너무 귀하게 호호 모셔가며 키운 까닭에 버릇이 없었어. 한 살 적에는 어머니 머리를 잡아당겼고, 두 살 적에는 아버지 수염을 뽑았고, 세 살 적에는 곡식을 밟아버렸고, 네 살 적에는 물고기들을 괴롭혔어.

커갈수록 점점 더 못된 짓만 늘어갔어. 열다섯 살이 되자 동해 용왕은 왕으로서 본을 보여야겠다는 생각에 결심을 하였어. 용

왕 부인은 잘못하면 딸이 죽을 수도 있을 거라 생각하여 무릎을
꿇고 애처롭게 빌었어. 부인이 눈물로 빌자 동해 용왕은 마음이
약해져 대장장이를 불렀어.

"여봐라! 저 버릇없는 공주를 무쇠상자에 넣어서 띄워 보내
라!"

용왕이 고래고래 소리를 지르자 그제서야 동해 용왕 따님아기
씨는 어머니 품으로 들어가 울며 말했어.

"어머니, 세상에 나가면 무얼 하며 살아갑니까?"

"인간 세상에 가면 아기를 잉태시켜주고 낳게 해주면서 살아
가거라."

"어찌하는 것인지 말씀해 주셔요."

"어머니 배 속에서 열 달 동안 키우다가 세상으로 내보내거
라."

"세상으로 어떻게 내보냅니까?"

그 순간 용왕의 불호령이 용궁을 쩡쩡 울리게 하였어.

"아직까지 안 보내고 뭘 하느냐?"

동해 용왕 따님아기씨는 해산하는 방법은 배우지 못하고 쫓겨
났어.

동해 용왕 따님아기씨는 무쇠상자 속에 꽁꽁 갇혀 바다를 떠
돌아다니다가 임박사에게 발견되었어. 임박사가 돌상자를 열자
예쁜 여자아이가 나왔어.

"너는 누구냐?"

"저는 동해 용왕의 딸입니다. 아기를 낳게 해 주는 삼승할망입니다."

자식이 없어서 외로워하던 임박사는 기뻐하며 집으로 데려갔어. 동해 용왕 따님아기씨는 어머니에게 배운 대로 임박사 부인에게 아기를 잉태시켜주었어. 그런데 열 달이 지난 후 아기가 세상 밖으로 나올 때가 되자 어찌할 바를 몰라 허둥댔어. 해산하는 법을 배우지 못했기 때문이지. 임박사 부인이 새파랗게 울며 죽어가는 거야. 동해 용왕 따님아기씨는 천지왕에게 빌었어.

"천지왕이시여, 제발 해산하게 도와주십시오!"

하늘에서 그 소리를 들은 천지왕이 사천대왕을 불렀어.

"저리도 애처롭게 비는 이는 누구이며, 무슨 이유로 우는 거냐?"

"예, 임박사 부인이 잉태한 지 열 달이 다 되었는데, 아기를 낳지 못해 죽어가고 있다고 합니다."

천지왕은 명진국 따님을 삼승할망으로 임명하고 아기를 잉태시키는 방법과 해산하는 방법을 가르쳐서 급히 보냈어. 명진국 따님은 임박사 집으로 달려갔지. 임박사 부인의 배를 세 번 쓸어주자 아프던 배가 감쪽같이 다 나았어. 이윽고 아기가 우렁차게 세상 밖으로 나왔어. 첫아기를 본 기쁨에 들떠 어찌할 바를 모르는데 동해 용왕 따님아기씨가 다짜고짜 달려들어 머리채를 좌우로 핑핑 휘감고 마구 때리며 소리를 고래고래 질렀어.

"너는 누구인데 내가 잉태시킨 아기를 해산시킨 거야?"

"나는 명진국 따님아기이고, 천지왕이 임명한 삼승할망이야."

"뭐라고? 삼승할망이라고? 내가 삼승할망이야."

"아기도 있는 데서 이러지 말고 천지왕께 가자."

"그래, 좋아."

명진국 따님은 말로는 안 될 것 같아 동해 용왕 따님아기씨를 데리고 천지왕에게 갔어. 동해 용왕의 딸은 하늘에서도 막무가내였어. 천지왕 앞에서도 소리를 질렀어.

"내가 삼승할망이란 말이에요."

천지왕은 어이가 없어 혀를 쯧쯧 찼어.

"음, 안 되겠군. 지금부터 서천서역국 잔모래밭에 꽃씨를 심어서 번성하게 하는 사람을 삼승할망으로 삼겠다."

둘은 잔모래밭에 꽃씨를 심었어. 꽃에 물을 주고 정성을 다해 꽃을 키우기 시작했어. 명진국 따님 꽃은 날이 갈수록 힘 있게 자랐어. 4만 6천 가지로 뻗어 올라가더니 아름다운 꽃을 수천 송이 피웠어. 그런데 동해 용왕 따님아기씨가 심은 꽃씨는 돋아나다가 벌레 먹고 쓰러지기를 되풀이하더니 꽃봉오리를 맺다가 시들시들 떨어져 버렸어. 화가 난 동해 용왕 따님아기씨는 명진국 따님의 꽃에 달려들어 꽃송이들을 꺾으려 하였어. 그 모습을 지켜본 천지왕은 천둥번개처럼 화를 내었어.

"동해 용왕 따님아기 꽃은 시들어버렸으니 저승할망이 되어 죽은 아기들을 돌보거라."

"명진국 따님아기 꽃은 번성꽃이 되었으니 이승할망, 인간할망, 삼승할망이 되어라."

저승으로 가라는 말에 동해 용왕 따님아기씨는 화를 벌컥 내며 명진국 따님아기가 키운 꽃 가지를 오도독 꺾으면서 말했어.

"아기가 태어나면 백일 만에 경기 들게 하고 열두 가지 병을 주어 저승에 데려갈 거야."

명진국 따님은 어떻게든 달래지 않으면 안 되겠다는 생각이 들었어.

"우리 좋은 마음을 먹기로 하자. 아기는 소중한 존재잖아. 아기가 태어나면 저승할망을 위해 옷도 만들어주고, 좋은 음식을 차려줄게."

그제서야 동해 용왕 따님아기씨는 마음이 풀어졌지.

"흠. 알았어. 약속 꼭 지켜야 해."

동해 용왕 따님아기씨는 죽은 아기들을 보살피러 저승으로 갔어. 삼승할망이 된 명진국 따님아기는 60명의 아기업개와 60명의 하인을 거느리고 으리으리한 집에서 아기를 잉태시키고 해산해주며 살게 되었지. 만산 족두리에 남방 저고리, 봉에바지, 대홍대단 홑치마, 물명주 단속곳으로 치장하고, 은가위 하나에 참실 세 묶음, 꽃씨 은씨를 들고 다녔어. 천 개가 넘는 벼루에 3천 장의 먹을 가는 하인들까지 거느렸지. 한쪽 손에는 번성꽃을 쥐고 다른 손엔 환생꽃을 쥐고는 천리 만리까지 내다보며 아기들을 하루 만 명씩 잉태시켜주고 해산을 시켰어.

삼승할망이 큰 힘 작은 힘 불끈 주면 아기를 낳는 어머니들은 없던 힘을 내었어. 할망은 태반을 꺼내어 아기랑 어머니랑 가르고서는 참실로 배꼽줄을 묶어서 은가위로 싹둑 잘라 아기를 번쩍 들었어. 그러면 아기들은 힘찬 기상으로 '으앙' 소리치며 세상에 나왔어.

지금도 세상의 모든 어머니들은 아기를 잉태할 때부터 해산할 때까지 삼승할망인 명진국 따님의 보살핌을 받는다고 해. 배 속의 아기를 함께 키워주는 삼승할망은 세상의 모든 아기들이 백일이 될 때까지 지극 정성으로 보살펴 주며 아기 주위를 돌아다닌대.

# 벼슬을 버리고
# 어머니를 살린 잿부기 삼형제

초공본풀이

옛날 옛적 탐라국에 임정국 대감이 살았어. 고래등 같은 기와 집에 백 명 넘는 하인을 부리는 부자였어. 논밭이 셀 수 없이 많고 금은보화가 집에 가득했지. 남부러울 것 없이 살고 있었어. 그런데 나이 사십이 넘고 쉰이 되어도 자식이 없어 걱정이 이만저만이 아니었어.

하루는 주자 스님이 집을 지나가다가 정성을 들이면 자식을 낳게 된다는 이야기를 하고 바람처럼 사라졌어. 임정국 대감 부부는 그 말을 듣고 쌀 일천 석, 금 만 냥, 은 만 냥을 가지고 황금산 도단사로 가서 정성껏 기도를 하였어. 백일이 흘렀지. 집으로 돌아오자 부인 배가 점점 커지더니 샛별처럼 예쁜 여자아기가 태어났어. 임정국 대감은 황금산 줄기마다 단풍이 곱게 물들고 있던 시월에 아이를 낳았다고 하여 아이 이름을 '이 산 줄기 저 산 줄기 제일 고운 하늘 노가단풍 즈지맹왕 아기씨'라고 기다랗게 지었어.

아기가 열다섯 살이 되던 해에 임정국 대감 부부에게 천지왕의 명령이 내려왔어. 천지왕의 명령은 어느 누구도 거부할 수 없었지. 그러나 딸 '이 산 줄기 저 산 줄기 제일 고운 하늘 노가단풍 즈지맹왕 아기씨' 때문에 걱정이 말이 아니었어. 남자아이면 데리고 갈 텐데 여자아이라 고민을 할 수밖에 없었어. 고민 끝에 결국은 집에 두고 가기로 했지. 쥐도 새도 들어갈 수 없는 방에 딸아이를 들여놓고 단단한 자물쇠로 잠근 후 하녀 느진덕이 정하님이를 불러 단단히 당부했어.

"절대로 문을 열지 말고 구멍으로 밥을 주고 구멍으로 옷을 주며 잘 키우고 있으면 천지왕의 명을 다 살고 와서 종문서를 돌려주마."

하녀 느진덕이는 자유의 몸으로 만들어주겠다는 말을 듣고 정성을 다해 아기씨를 보살폈어. 그런데 아기씨의 아름다운 얼굴에 대한 이야기는 소리없이 퍼져나가기 시작했어. 삼천 서당의 선비들도 모이기만 하면 아기씨 이야기를 하였어.

"저 달이 곱기는 하나 노가단풍 즈지맹왕 아기씨 얼굴보다는 못하네."

아무도 본 적이 없는 아기씨 이름이 나오자 누군가가 말했어.

"삼천 선비 가운데 노가단풍 즈지맹왕 아기씨에게 가서 이름 석 자 받아오는 사람에게는 우리가 돈을 모아 삼천 냥을 주는 게 어때요?"

상금 삼천 냥은 그 자리에서 순식간에 걸렸어. 그러나 누구도 선뜻 나서는 이가 없었어. 한참 후 황금산 노단사 주자 대사가 그 자리에서 슬쩍 일어나 임정국 대감 집으로 향하였어. 주자 대사가 요령을 흔들자 아기씨 창문이 와르르 무너지더니 자물쇠가 저절로 열렸어. 아기씨는 놀라서 벌떡 일어나 너울을 둘러쓰고 사뿐사뿐 걸어 나왔어.

"지나가는 중이온데 시주를 해 주십시오."

"하녀 느진덕이에게 가서 말하시오."

"직접 시주를 하셔야 오래 살 것입니다."

"나의 명은 하늘이 정하거늘."

아기씨는 고개도 들지 않고 말하였어.

"직접 시주를 하지 않으면 부모님이 오래 살지 못할 것입니다."

부모님 이야기에 마음 약해진 아기씨는 쌀을 전대에 부었어. 바로 그때 주자 대사는 가위로 아기씨 머리카락을 한 올 베어내고 머리를 세 번 쓸어댔어. 아기씨는 깜짝 놀랐어. 눈치 빠른 하녀는 얼른 주자 대사를 붙잡고는 고깔 귀도 한쪽 잘라두고, 장삼

자락도 한쪽 잘라 아기씨에게 드렸어.

그런데 그날 밤부터 아기씨 몸이 이상해졌어. 음식도 먹지 않았어. 계집종은 임정국 대감 부부에게 편지를 보냈어. 임정국 부부는 하던 일을 멈추고 달려왔어. 아버지는 몰라보았으나 어머니는 무슨 일인지 금방 알았어. 곧바로 대감에게 사실을 알렸지.

"아기 배 속에 아들 삼 형제가 앉아있습니다."

임정국 대감은 벼락같이 화를 내며 아기씨를 검은 암소에 태워 내쫓아버렸어. 아기씨는 칼선다리를 건너고, 애선다리를 건너고 옳은다리를 건너 건지오름에서 잠시 쉬었어. 건지오름을 지나 조심다리를 지나 청수와당 흑수와당을 건너 큰바다에 다다랐어. 더 이상 걸어갈 수 없는 바다였어. 한숨만 쉬고 있는데 바다거북이 나타나서 등을 내미는 거야. 바다거북은 편안하게 바닷길을 건너게 해 주었어. 바다를 건너보니 한쪽 귀퉁이가 없는 고깔과 한쪽 자락이 없는 장삼이 걸려 있는 절이 보였어. 주자 대사의 장삼과 고깔이었어. 주자 대사는 왜 왔냐고 화를 내며 산 아래로 내려가 살라고 내쫓아버렸어.

불쌍한 아기씨는 아랫마을에 머물렀어. 배가 점점 불러오더니 다음 달 8일 큰아들이 태어났고 18일에 둘째 아들이 태어났고 28일에 막내가 태어났어. 아기씨는 첫째를 본멩두, 둘째를 신멩두, 막내를 삼멩두라 이름 지었어. 삼형제를 키우느라 아기씨는 고생고생을 하였어. 삼형제가 여덟 살이 되었어. 서당에 갈 나이가 되었지만 돈이 없는 삼형제는 서당에 갈 수가 없었어. 삼형제는 엄마 몰래 서당으로 가서 훈장님께 애원했어.

"서당의 심부름을 하게 해 주십시오. 어깨너머로 글공부를 하겠어요."

훈장님은 큰형에게는 벼룻물 떠다 놓는 일을, 둘째에게는 종이 펴는 일을, 막내에게는 방에 불 때는 일을 시켰어. 삼형제는 부지런히 일하다가 막내가 있는 아궁이에 가서 재를 모아놓고 손가락으로 글을 쓰며 공부를 하였어. 일을 하며 그날 배운 것을 외고 또 외웠어. 선비들은 시기하고 질투하여 삼형제를 놀렸어. 재를 모아 글을 쓴다 하여 잿부기 삼형제라 부르며 놀리고 무시했어. 그러나 삼형제의 글공부 실력은 뛰어났어. 열다섯 살이 되자 서당의 선비들이 서울로 과거를 보러 가는 걸 보고, 잿부기 삼형제도 가고 싶었어. 불쌍하게 여기던 훈장님이 말했어.

"선비들을 도와줄 짐꾼이 필요한데……"

"저희들이 하겠습니다."

잿부기 삼형제는 더덕더덕 기운 옷이지만 깨끗하게 빨아서 입고는 콧노래를 부르며 집을 나섰어. 선비들의 짐을 지었지만 날아갈 것처럼 가벼웠어. 삼형제를 시기질투하던 선비들은 빨리 걷지 않는다며 발을 차고 짐을 누르며 괴롭혔어. 삼형제는 닭똥 같은 눈물을 흘리며 서울로 서울로 걸어갔어. 서울이 눈앞에 보일 무렵 삼천 선비들은 잿부기 삼형제를 떨어뜨리고 가자고 의

논을 하였어. 그대로 데리고 갔다가는 삼형제가 장원급제하고
자기들은 떨어질 것 같아서였지.

"잿부기 삼형제야, 너희들 배좌수 집에 가서 배 삼천 개를 따
서 오면 우리가 먹고 삼천 냥을 주마. 그것으로 종이도 사고 먹도
사겠느냐?"

삼형제는 돈이 생긴다는 말에 무조건 그러겠다고 했어. 삼천
선비들은 배좌수 집의 오백 년 된 배나무 위에 삼형제가 올라가
자 도망가 버렸어. 약속을 믿고 배를 따던 삼형제는 배를 따서 옷
속 여기저기 쑤셔놓아 올라가지도 내려가지도 못하고 울고 있었
어. 바로 그날 배좌수는 용 세 마리가 배나무에 얽혀있는 꿈을 꾸
었어. 이상해서 나가 보니 잿부기 삼형제가 울고 있는 거야. 배좌
수는 저녁밥을 해서 먹이고 삼형제에게 돈 열 냥씩을 내주며 말
했어.

"이 돈으로 종이와 먹을 사거라."

"네에? 정말이요?"

"어서 가서 과거를 보아라."

"감사합니다. 대감님."

삼형제는 눈물 반 웃음 반 날아갈 듯 서울로 향했어. 그러나 네
개의 대문이 모두 잠겨 있어서 성안으로 들어갈 수 없었어. 할 수
없이 담 위에 올라갔어. 답안지를 쓰고 돌멩이에 싸서 시험관 앞
으로 던졌어. 시험관이 돌멩이를 펴 보니 천하 문장가에 버금가

는 솜씨였어. 깜짝 놀란 시험관은 답안지 사이에 슬쩍 넣었어. 공평하게 심사를 받게 해 주고 싶었어.

"역사에 남을 훌륭한 문장일세."

"이럴 수가! 최고의 글이야."

"여기도 보시오. 이 글도 명문장이오."

모두 잿부기 삼형제의 답안지였어.

"잿부기 삼형제 장원 급제!"

삼형제는 누더기 바지를 벗어던지고 관복으로 갈아입었어. 하늘에 떠 있는 해와 달보다 더 멋졌어. 잿부기 삼형제가 장원급제하자 삼천 선비들은 배가 아팠어. 나쁜 생각으로 한마음이 된 삼천 선비들은 중의 아들이 과거를 볼 수 없다며 상소를 올렸어.

"잿부기 삼형제는 자격이 안 되어 낙방이오."

순식간에 삼형제는 진흙탕으로 굴러떨어진 신세가 되었어. 시험관은 장원급제를 누구에게 줄 것인지 고민하다가

"연추문을 맞히는 자가 있으면 급제이다." 라는 방을 붙였어.

삼천 선비가 활을 쏘아도 아무도 맞히는 자가 없었어. 잿부기 삼형제가 다시 나섰어. 큰형님이 쏘니 연추문이 요동치고, 둘째 형님이 쏘니 연추문이 열리고, 막내가 쏘니 연추문이 저절로 넘어졌어. 시험관은 고개를 끄덕이며 말했어.

"하늘이 내린 인물이로다. 잿부기 삼형제 장원 급제!"

다시 관복을 차려입은 잿부기 삼형제는 말에 올랐지. 관악을

울리며 장원 급제 행진을 하였어. 구름떼처럼 사람들이 몰려들어 구경하였어. 잿부기 삼형제는 어깨가 우쭐했어. 자신들을 위해 한평생 일만 한 불쌍한 어머니께 관복을 차려입은 모습을 보여주고 싶어서 마음이 바빠졌어.

"어서 빨리 어머니 계신 곳으로 가자."

"얼마나 기뻐하실까?"

그러나 삼천 선비는 잿부기 삼형제가 잘되는 걸 그냥 둘 수가 없었어. 선비들은 하녀 느진덕이를 찾아가 삼형제를 궁지에 빠뜨릴 나쁜 계획을 말했어. 시키는 대로 하면 돈 천 냥을 주고 종문서를 찾아다가 돌려준다고 하였어. 하녀 느진덕이는 선비들의 흉계에 넘어가 잿부기 삼형제가 오는 길목에 서 있었어.

장원 급제 행렬이 다가오자 하녀 느진덕이는 대성통곡을 하며 잿부기 삼형제의 어머니가 죽었다고 하였어. 어머니가 죽었는데 급제가 무슨 소용이냐며 효도를 할 때라고 거짓말을 하였어. 그때 삼천 선비는 잿부기 삼형제의 어머니 '이 산 줄기 저 산 줄기 제일 고운 하늘 노가단풍 즈지맹왕 아기씨'를 물명주 끈으로 묶어서 삼천 제석궁 깊은 궁에 가두어버렸어.

잿부기 삼형제는 하녀 느진덕이의 말을 듣고 하늘이 무너지는 것 같았어. 말에서 내려와 관복을 다 벗어버렸어. 그리고는 두건을 쓰고 통곡을 하기 시작하였어.

"아이고 아이고, 우리 어머니, 어머니!"

"아이고 아이고, 세상에서 제일 불쌍한 우리 어머니!"

하녀 느진덕이는 가짜 무덤을 어머니 무덤이라고 속였어. 삼 형제는 가짜 무덤인 줄도 모르고 무덤 앞에 엎드려 사흘을 울었어. 잿부기 삼형제는 황금산 도단땅에 있는 아버지를 찾아갔어. 아버지 주자 대사가 말했어.

"과거 급제는 이 세상에서는 큰 자랑이다. 허나 신의 심부름인 굿을 하는 일은 자자손손 세상 사람들의 가슴속을 풀어주는 일 이니 천년 만년 그 보람이 크다."

그리고는 어머니를 살려내려면 무당이 되어 굿을 해야 한다고 하는 거야.

"어머니를 살릴 수 있다고요?"

"무엇이든 하겠습니다."

"어머니를 살려내야 합니다. 불쌍한 우리 어머니!"

하염없이 눈물을 흘리는 삼형제를 보며 주자 대사가 물었어.

"여기 오면서 제일 먼저 무엇을 보았느냐?"

"하늘을 보았습니다."

"두 번째로 무얼 보았느냐?"

"땅을 보았습니다."

"세 번째로 무얼 보았느냐?"

"문을 보았습니다."

주자 대사는 그 말을 듣고 동그란 놋쇠에 천지문(하늘-땅-문)이라 새겨서 주었어.

"나를 찾아오면서 본 것들이 너희에게 권능을 줄 것이다."

"어머니는 삼천 제석궁 깊은 궁에 갇혀 있다. 너사메 삼형제와 의형제가 되어 쇠가죽을 벗겨다 북을 만들고 계속 북소리를 울리거라. 북소리를 따라가면 어머니를 찾을 것이다."

삼형제는 북과 장구를 만들기 위하여 불도땅으로 들어가 너사메 삼형제를 만났어. 만나자 마자 뜻이 맞아 의형제를 맺기로 하였지. 잿부기 삼형제와 너사메 삼형제는 산에 올라가 오동나무를 잘라오고 말가죽을 벗겨 북과 장구를 만들었어. 악기가 다 만들어지자 북과 장구를 치며 삼천 제석궁으로 들어갔어. 삼형제와 너도령은 14일 동안 북과 장구를 치며 애타게 부르다 드디어 어머니 계신 곳에 다다랐어. 어머니 노가단풍 즈지맹왕 아기씨를 만나 부둥켜안고 한참을 울었지. 다시 북을 치며 삼천 제석궁에서 빠져나왔어.

어머니를 살려내기 위한 지극한 마음으로 북과 장구를 친 모습은 하늘을 감동하게 하였어. 그게 최초의 굿이야. 어머니를 살려낸 잿부기 삼형제는 어머니를 위하여 굿을 한 최초의 무당인 셈이지. 효성이 지극한 잿부기 삼형제는 벼슬보다 더 중요한 것이 무엇인지 깨달았어. 셋은 어머니를 위하여 큰 집을 짓고 평생 효도하며 어머니와 함께 행복하게 살았대. 마음이 행복한 게 가장 행복한 거였어.

　이때부터 북, 장구 등 굿에 쓰이는 악기들은 너사메 너도령이 맡아서 하였어. 너도령은 악기의 신이 되었지. 동해 바다의 대장장이 아들을 불러와서 굿에 필요한 요령과 점을 치는 기구인 천문과 상잔도 만들었어. 일흔다섯 자 되는 칼도 만들었는데 이 칼은 한 번 휘두르면 천 명의 목이 달아나는 칼이야. 삼형제는 무조신, 무당들의 신이 되었어.

　지금도 제주도에서 큰 굿을 할 때는 무당들이 무조신 잿부기 삼형제의 이야기를 사람들에게 들려주는 것으로 시작한다고 해.

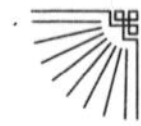

# 5

# 꽃향기로 평화를 지키는
# 서천꽃밭 꽃감관

## 이공본풀이

아주 먼 옛날 탐라국 사라마을에 사이좋은 두 친구가 살았어. 임진국과 김진국, 이름도 똑같았어. 두 사람은 마흔이 되도록 자식이 없어 걱정하다가 자식을 갖게 해 달라고 함께 백일기도를 드렸어. 얼마 후, 임진국은 딸 원강아미를 낳고, 김진국은 아들 사라도령을 낳았어. 그것도 같은 날 같은 시간에 말이야. 열다섯 살이 되던 봄날 둘은 결혼을 했어. 원강아미와 사라도령은 어찌나 사이가 좋은지, 동네 사람들이 모두 부러워했어. 꿈에도 헤어지지 말자고 손을 꼭 잡고 잠에 들곤 하였지.

어느 날 사라도령의 꿈에 하늘과 땅을 다스리는 천지왕이 나타났어.

“너를 서천꽃밭의 꽃감관으로 임명하니 어서 서천꽃밭으로
가거라.”

천지왕의 명은 누구도 거역할 수 없었어. 사라도령은 아기를
가진 원강아미가 걱정이 되어 몰래 떠나려 하였어. 그러나 원강
아미가 간절하게 애원하는 거야.

“하늘을 나는 새도 짝이 있고 길짐승도 짝이 있어 서로를 위하
는데, 어찌 인간이 되어 서방님 혼자 보낸다는 말입니까?”

“부디 부인은 남아서 아이를 낳아 잘 키워주시오.”

“죽어도 같이 죽고 살아도 같이 살아요. 저도 따라가게 해 주
세요.”

결국 같이 길을 나섰어. 서천꽃밭으로 가는 길은 가도 가도 끝
이 없었어.

그때 어디선가 닭 우는 소리와 개 짖는 소리가 들렸어.

“휴, 살았다. 좀 쉬다 갑시다.”

기와집 안으로 들어서려는데 호랑이만큼 몸집이 큰 개 두 마
리가 으르렁거리더니 사납게 짖어댔어.

“지나가던 나그네입니다. 아내가 아파서 도저히 더 갈 수가 없
습니다. 제발 하룻밤만 재워주십시오.”

천년장자는 잠시 생각하는 척하다가 원강아미를 힐끗 보며 말
했어.

“흐음, 거 참 딱하게 되었구려. 부인이 저 지경이니 오늘 밤은

머물러도 좋소.”

　사라도령은 날이 밝자마자 서천꽃밭으로 떠나야만 했어. 원강아미는 사라도령에게 짐이 되는 것 같아서 자신은 남겠다고 했어.

　“이 집에 저를 종으로 팔고 노잣돈이라도 받고 떠나셔요.”

　천년장자에게 종으로 남겠다고 말하자, 일손이 모자랐던 천년장자의 얼굴에 미소가 번졌어. 응큼한 속으로 계산을 해 보았어.

　‘으흐흐흐, 예쁜 계집종에다가 배 속의 아이까지 크면 두 명의 종이 생기는 거군.’

　그리고는 억지로 맡아준다는 표정으로 말하였어.

　“좋소. 삼백 냥을 드리리다.”

　떠나기 전 사라도령과 원강아미는 서로 부둥켜안고 통곡했어. 사라도령은 얼레빗을 부러뜨려 반쪽을 주면서 말했어.

　“딸을 낳거든 한락데기라 하고, 아들을 낳거든 한락궁이라 하시오. 이게 내 아이라는 증표요.”

　원강아미는 두 손으로 얼레빗 반쪽을 받아 소중히 간직했어.

　사라도령이 떠나자 천년장자는 원강아미를 부려먹기 시작했어. 이른 아침부터 밤늦게까지 쉬지 않고 일을 시켰어. 힘겹게 몇 달이 지나 원강아미는 아들을 낳았어. 사라도령의 말대로 이름을 한락궁이라고 지었지.

　그런데 어느 날부턴가 천년장자가 원강아미를 자꾸 찾아왔어.

"나의 둘째 부인이 되지 않겠느냐? 맛있는 음식에 좋은 옷을 주마."

사라도령을 사랑하는 원강아미에게는 있을 수 없는 일이었어. 이런저런 핑계를 대며 거절했어. 그럴 때마다 화가 나서 돌아간 천년장자는 더 힘든 일들을 시켰어. 어린 한락궁이에게도 힘든 일을 시키고 못살게 굴기 시작했어. 아직 어린아이인데도 어른들이나 할 수 있는 힘든 일들을 시켰어.

"사내라면 사내다운 일을 해야 한다. 낮에는 깊은 산에 들어가 나무 쉰 바리를 해 오고, 밤에는 새끼를 꼬아놓거라."

하루 일이 끝나 잠이 들 시간이 되면 원강아미와 한락궁이는 서로 부둥켜안고 울었어. 그래도 서로 함께 있기에 힘든 일들을 참아냈어.

하루는 천년장자가 한락궁이에게 좁쌀 한 자루를 주며 말했어.

"뒷산을 갈아 밭을 만들고, 이 좁쌀을 뿌려라. 오늘 안으로 다 하지 못하면 집에 들어오지 말거라."

뒷산이 얼마나 넓은지 한락궁이는 밭을 갈다가 털썩 주저앉았어.

"도저히 오늘 끝낼 수가 없겠어. 어쩌지?"

그때였어. 산돼지 무리가 나타나더니, 나무들을 들이받아 쓰러뜨리고는 눈 깜짝할 사이에 밭을 갈아놓고 사라졌어. 한락궁이는 가져온 좁쌀을 얼른 밭에 뿌리고 집으로 돌아갔어. 한락궁이가 돌아오자 천년장자는 화를 내었어.

"뭐야, 벌써 다 했다고? 믿을 수가 없다. 직접 가서 확인해야겠다."

직접 가서 확인하고는 더 화가 나서 끙끙 소리만 내었어. 며칠 뒤, 천년장자는 한락궁이에게 겨울 동안 땔감으로 쓸 나무를 백 동이나 해 오라고 했어. 숲속으로 들어갔더니 하얀 수염을 하고 하얀 옷을 입은 노인 셋이 바둑을 두고 있는 거야. 그 옆에서 흰 사슴 한 마리가 졸고 있었어. 세 노인은 한락궁이가 들으라는 듯 큰 소리로 말했어.

"아비가 서천꽃밭에서 기다리는 줄도 모르고 나무나 캐다니."

"흰 사슴을 타고 가면 빨리 갈 수 있지."

"메밀떡을 꼭 가져가야 하지."

순간 세 노인이 사라지고 흰 사슴 한 마리만 남았어. 흰 사슴은 도망가지도 않고 빤히 쳐다보는 거야. 까만 눈동자가 타라고 하는 것 같았어. 한락궁이는 흰 사슴에게 조심조심 다가갔어. 흰 사슴은 다리를 구부리며 타라고 하는 거야. 한락궁이가 등에 올라타자마자 흰 사슴은 천년장자의 집으로 달려갔어. 천년장자는 흰 사슴만 눈에 들어오는지 나무를 해 오지 않은 것을 잊어버리고 껄껄 웃었어.

"비싼 흰 사슴을 데리고 오다니. 잘했다."

밤이 깊어지자 한락궁이는 원강아미에게 그동안 참았던 말을 하였어.

"어머니, 제 아버지는 누구신가요?"

"천년장자가 네 아비다."

"어머니, 솔직하게 얘기해 주세요."

한락궁이마저 떠나버릴까 봐 거짓말을 하던 원강아미는 얼른 일어나 부엌으로 가서 콩을 볶기 시작했어. 타다닥 타다닥 소리 때문에 한락궁이 말소리가 들리지 않았어. 한락궁이는 뜨거운 콩 가운데로 손을 넣고는 말했어.

"이 콩이 소중합니까, 제가 소중합니까? 차라리 콩과 함께 까맣게 손을 태워버리렵니다."

원강아미는 깜짝 놀랐어. 아들 손이 빨갛게 데고 물집이 생기고 있었거든.

"한락궁이야, 얼른 그 손 꺼내어라. 내가 말해 주마."

"제 아버지는 누구이며, 어디 계십니까?"

"네 아버지는 사라도령이며, 천지왕의 부름을 받아 서천꽃밭의 꽃을 지키는 꽃감관이시다."

"어머니, 더 이상 이곳에서 살 순 없습니다. 아버지를 찾아가겠어요."

원강아미는 때가 되었다고 생각하고는, 고이 간직해온 얼레빗을 품에서 꺼내어 한락궁이에게 주었어.

"나까지 사라지면 천년장자가 어찌할지 모르니 혼자 가거라."

원강아미는 아들이 먹을 메밀떡 일곱 개를 정성껏 만들어 빨간색 주머니에 넣어 주었어. 그리고는 소금을 잔뜩 넣은 메밀떡 일곱 개를 더 만들어 검정색 주머니에 넣어 주었어.

다음 날 아침 한락궁이는 숲속 비밀장소에 흰 사슴을 숨기고 는 천년장자에게 갔어.

"흰 사슴이 도망가 버렸습니다. 멀리 가기 전에 달려가서 잡아 오겠습니다."

"뭐라고? 내 재산이 사라져? 어서 가서 찾아오너라. 어서!"

"네. 당장 가서 찾아오겠습니다."

한락궁이는 흰 사슴을 꼭 찾아서 오겠다고 하고 메밀떡이 든 주머니 두 개와 물을 지고 흰 사슴에게로 달려갔어. 한락궁이가 타자마자 흰 사슴은 하늘을 날 듯 휘릭휘릭 달렸어. 산을 지나고 들을 지났어. 계곡을 넘고 강을 건넜어. 구불구불 끝이 없는 길을 지나 서천꽃밭으로 달렸어.

천년장자는 어두워져도 한락궁이가 돌아오지 않자, 속은 것을 알고 버럭 화를 냈어.

"천리동이야, 한락궁이를 잡아오너라."

날쌘 천리동이는 금세 한락궁이 뒤를 바짝 따라잡았어. 한락 궁이가 검은 주머니에 든 메밀떡을 던져 주자, 천리동이는 덥석 물었어. 메밀떡이 얼마나 짰던지 천리동이는 천리 밖으로 물을 마시러 가야 했어. 그사이 흰 사슴은 달리고 또 달렸어. 화가 난 천년장자는 제일 아끼는 만리동이에게 한락궁이를 잡아오라고 시켰어. 만리동이가 바람같이 따라왔어.

"옜다! 이거나 먹어라."

만리동이도 메밀떡을 덥석 물었어. 떡이 얼마나 짰던지 깨갱 깨갱 울부짖으며 물을 마시러 만리 밖으로 달려갔어. 그사이 흰 사슴은 달리고 또 달렸어.

한락궁이를 놓친 천년장자는 불같이 화를 냈어. 천년장자는 한락궁이 대신 일을 더 하라고 원강아미를 매일 괴롭혔어. 괴롭히다가 말을 안 듣자 끝내 원강아미를 죽여버렸어. 무덤도 만들어주지 않고, 푸른 대나무밭에 버리고 말았어. 원통한 죽음을 당한 원강아미의 살과 피와 뼈는 비바람에 씻기어 하얗게 바래어 갔지.

한편 한락궁이를 태운 흰 사슴은 서역국을 지나 황천 바다에 다다랐어. 바다 가까이 가자 갑자기 흰 사슴이 사라져버렸어. 혼자 뚜벅뚜벅 바닷가로 가 보니 검은 바다거북이 한쪽 눈을 감고 있는 거야. 가만히 보니 한쪽 눈을 해파리가 덮고 있는 거야. 한락궁이는 얼른 해파리를 떼어서 모래밭에 던졌어. 두 눈을 뜬 바다거북에게 물었어.

"바다거북아, 서천꽃밭은 어디로 가니?"

말없이 눈을 껌뻑이며 바다거북은 어서 타라는 듯이 등을 내미는 거야. 등에 올라타자 바다거북은 길고 긴 황천 바다를 건너게 해 주었어. 거북이 등에서 내린 한락궁이는 서천꽃밭을 향하여 또 정처 없이 걸었어. 삼나무가 하늘을 찌르듯 가득 찬 길을 가다 보니 까마귀 일곱 마리가 나무 아래서 종종거리며 울고 있는 거야.

"까마귀야, 왜 울고 있니?"

"저는 앞을 볼 수 없는 까마귀예요. 배가 고파요, 까옥까옥. 벌레 좀 잡아 주세요."

한락궁이는 벌레들을 잡아 까마귀에게 주었어.

"이제야 살 것 같아요. 소원 하나 말씀하시면 들어드릴게요."

"나는 오직 서천꽃밭으로 가고 싶단다. 서천꽃밭은 어디로 가니?"

"이 길 따라 쭉 걸으면 길이 끝나는 곳에 숲이 하나 나올 거예요. 숲속으로 가면 선녀 셋이 울고 있을 거예요. 거기 가서 물어보셔요."

삼나무 길이 끝나고 숲으로 들어서니 이상하게도 물이 흐르고 있는 연못들이 이어졌어. 발목까지 차는 하얀 못을 지나, 무릎까지 차는 누런 못을 지났어. 누런 못을 지나 가슴까지 차는 붉은 못을 겨우 건너자 우물 하나가 보이고 선녀들이 울고 있었어.

"흑흑흑…, 구멍 난 동이로 물을 길어야 하는데 물이 다 새어 버려요."

한락궁이는 송진으로 구멍을 메우고 칡덩굴을 얽어매어 물을 긷게 해 주었어. 선녀들은 너무 기뻐했어.

"서천꽃밭은 어디로 가나요?"

선녀들은 정성껏 물을 담은 물동이를 이고 한락궁이를 서천꽃밭까지 데려다 주었어. 서천꽃밭에는 알록달록 아름답고 신기한 꽃들이 끝도 없이 피어 있었어. 꽃동산이 찬란하게 펼쳐져 있었어. 세상에서 맡을 수 없었던 향기가 기분 좋게 만들어주었어. 정신없이 꽃을 구경하는데 나비 같은 걸음으로 구름처럼 걷는다는 꽃감관이 소리없이 나타났어.

"너는 누구냐?"

"저는 한락궁이라고 합니다."

"어찌하여 이곳으로 왔느냐?"

"서천꽃밭 꽃감관인 아버지를 찾아왔습니다."

"으흠. 꽃감관이 네 아버지라고? 증표가 있느냐?"

한락궁이는 품에서 얼레빗 반쪽을 꺼냈어. 사라도령은 기다렸다는 듯이 소중히 간직했던 얼레빗 반쪽을 꺼내어 맞춰보았어. 한락궁이의 얼레빗과 사라도령의 얼레빗은 딱 들어맞았어.

"잘 왔다, 내 아들아."

"아버지!"

둘은 얼싸안고 한참을 울었어. 한락궁이는 어머니 원강아미가 그리워 더 울었어.

"어머니는 잘 계시느냐?"

"제가 떠날 때까지는 고생은 많이 하셨지만 살아계셨습니다.

그러나…"

사라도령은 걱정스러운 표정으로 또 물었어.

"여기로 올 때 혹시 연못들을 건넜느냐?"

"예."

"몇 번이나 건넜느냐?"

"세 번 건넜습니다."

"어떤 연못을 건넜느냐?"

"처음에는 무릎까지 차는 연못을 건넜습니다."

"네 어머니의 팔다리가 잘려 흐르는 피의 연못이다."

"두 번째는 가슴까지 차는 연못을 건넜습니다."

"네 어머니의 원한이 맺혀 흘린 눈물의 연못이다."

"마지막으로는 목까지 차는 붉은 연못을 건넜습니다."

"네 어머니가 억울하게 죽으며 피를 토한 연못이다."

사라도령은 떨리는 손으로 한락궁이의 손을 잡았어. 원강아미의 죽음에 가슴이 미어지는 것 같았어. 서천꽃밭의 꽃들을 하나하나 가리키며 말했어.

"이 꽃들은 생명의 꽃이고 평화의 꽃이지만, 세상을 어지럽히고 죄 없는 사람을 괴롭히는 악인들을 벌하는 응징의 꽃이기도 하다."

사라도령은 한락궁이가 신기해하는 것을 보며, 꽃들에 대하여 자세히 말해주기 시작했어.

“이 검은 꽃은 무슨 꽃입니까?”

“죽은 사람의 뼈를 살리는 뼈살이꽃이다.”

“이 노란 꽃은 무슨 꽃입니까?”

“죽은 사람의 살을 다시 붙게 하는 살오를꽃이다.”

“이 빨간 꽃은 무슨 꽃입니까?”

“죽은 사람의 피를 다시 돌게 하는 피돌이꽃이다.”

“이 파란 꽃은 무슨 꽃입니까?”

“죽은 사람의 숨이 다시 트이게 하는 숨트일꽃이다.”

“이 하얀 꽃은 무슨 꽃입니까?”

“죽은 사람의 혼을 살리는 환생꽃이다.”

사라도령은 한락궁이에게 환생꽃, 뼈살이꽃, 살오를꽃, 피돌이꽃, 숨트일꽃을 꺾어주며 말했어.

“이 꽃으로 네 어미를 살리고 오너라.”

사라도령은 또한 보기만 하거나 향기만 맡아도 웃음이 끊이지 않는 웃음꽃을 하나 꺾어주었어. 보기만 하면 서로 싸우게 되는 싸움꽃도 하나 꺾어주었어. 보기만 해도 향기만 맡아도 서로를 미워하고 죽이게 되는 악심꽃도 한 송이 꺾어주었어. 마지막으로 향기만 맡아도 착해지고 서로를 위하는 마음이 생기는 선심꽃을 한 아름 꺾어주었어.

“천년장자에게 이 꽃들을 들고 가서 벌을 주거라. 착한 이들에게는 이 꽃의 향기로 평화의 마음 씨앗을 틔우게 하거라.”

한락궁이는 하늘길을 순식간에 날아다니는 '눈깜짝할새'를 타고 천년장자의 집에 도착했어. 천년장자는 화를 내려다가 하늘나라의 신비의 꽃을 구해왔다는 이야기를 듣고는 귀가 솔깃해졌어.

"천만 년, 억만 년을 사는 꽃이라고? 어디 구경이나 해 보자."

"장자님, 일가친척을 다 모이게 하면 드리겠습니다요."

천년장자는 꽃을 빼앗고 싶은 욕심에 일가친척들을 모두 오라고 했어. 맛있는 음식도 준비했어. 다 모이자 한락궁이는 보따리를 풀어 사람들 눈 앞에 웃음꽃을 내놓았어. 사람들은 웃다 웃다 지쳐 배를 잡고 데굴데굴 굴렀어. 아무리 굴러도 웃음을 멈출 수가 없었어.

"우헤헤헤, 이히히히, 에헤헤헤, 힛힛힛. 아이고, 이렇게 웃길 수가!"

"아이고 아이고, 너무 웃겨서 배가 아파. 아하하하하하. 아고, 배야~~"

한락궁이는 싸움꽃을 내놓았어. 싸움꽃 향기를 맡은 사람들은 웃음을 딱 그치고 싸우기 시작했어. 악심꽃을 내놓자 더 심하게 싸우기 시작했어. 죽이겠다는 눈빛으로 달려드는가 하면, 집 안에 있는 모든 집기들을 무기로 사용하여 서로 죽이는 거야. 심부름 갔다가 막 돌아온 천년장자 막내딸만 빼고 다 죽고 말았어. 막내딸은 갑자기 벌어진 광경에 너무 놀라 벌벌 떨기만 했어. 한락궁이는 막내딸에게 다가갔어.

"우리 어머니가 계신 곳이 어디냐?"

"뒤, 뒤, 뒷산 청대밭에 있습니다."

겁에 질린 천년장자 막내딸은 죽은 원강아미를 던져버린 대나무밭으로 한락궁이를 데려갔어. 청대밭에 가 보니 무덤도 없이 아무 데나 던진 뼈들이 있었어. 해골뼈만 남은 이마에는 동백나무가 자라 동백꽃이 눈물처럼 뚝뚝 떨어지고 있었어. 가슴에는 오동나무가 자라고 있었어. 그 모습을 보니 한락궁이는 가슴이 찢어지는 것 같았어. 마치 오동나무가 한락궁이 가슴을 찢어놓는 것 같았지. 한락궁이는 대나무밭 여기저기에 흩어져 있는 원강아미의 뼈들을 하나하나 찾아내어 삼베 보자기 위에 가지런히 놓았어.

뼈살이꽃을 뼈 위에 올려놓자 뼈들이 저절로 붙기 시작하고,

살오를꽃을 가져다 대니, 살이 뽀얗게 올라오고,

피돌이꽃을 가져다 대니, 피가 돌기 시작하고,

숨트일꽃을 가져다 대니, 숨이 다시 돌아왔어.

마지막으로 환생꽃을 한 손에 들고 또 한 손에는 물푸레나무 회초리를 들어 세 번 탁탁탁 쳤어. 그랬더니 어머니 원강아미가 기지개를 켜며 벌떡 일어나는 거야.

"아~ 봄 잠 잘 잤다."

"어머니!"

"아들아, 이게 어찌된 일이냐. 내가 깊은 잠을 잤나 보구나."

한락궁이는 말없이 고개를 끄덕였어. 하염없이 눈물을 흘리면서 말이야. 원강아미와 한락궁이는 서로 부둥켜안고는 한참을 더 울었어. 한락궁이와 원강아미는 서천꽃밭을 향해 걸어갔어. 서천꽃밭 입구에는 사라도령이 나와 기다리고 있었어. 원강아미는 미소를 지으며 사라도령의 품에 안겼어.

지금도 서천꽃밭에는 신비한 꽃이 자라고 있지. 사라도령과 원강아미, 한락궁이가 기적의 꽃, 신비의 꽃들을 가꾸며 살고 있대.

# 6

# 자신의 복을 가지고 태어난
# 감은장아기

## 삼공본풀이

옛날 옛적에 강이영성이라는 사내 거지와 홍은소천이라는 여자 거지가 살았어. 흉년이 들어 자기 마을에서는 얻어먹고 살기가 어려워지자, 윗마을의 여자 거지는 아랫마을이 살기 좋은 줄 알고 내려오고, 아랫마을의 남자 거지는 윗마을로 올라가다가 서로 만난 거야. 이야기를 하다 보니 딱한 처지도 그렇고 갈 곳이 없는 것도 그렇고 서로 사정이 비슷해서 금세 친해졌어. 어느 날 강이영성이 말하였어.

"우리, 같이 살면 어떨까? 서로 위해주면 굶진 않을 거야."

어려운 일도 기쁜 일도 함께하다 보니 정이 들었어. 몇 년 후 두 사람은 부부가 되었어. 워낙 이 일 저 일 안 해본 일이 없어서 그런지 부지런히 남의 집 일을 해주며 착하게 살았어. 사람들도 부부를 도와주었어. 열심히 일하며 살다 보니 거지 노릇을 하지 않아도 살 수 있게 되었어.

오래지 않아 홍은소천은 딸아이를 낳았어. 아기를 낳은 것은 반가운 일이지만 너무나 가난했기 때문에 아기에게 먹일 음식이 넉넉하지 않았어. 아기가 울 때면 두 부부도 같이 울었어.

"이렇게 귀여운 아기에게 먹일 것이 없다니."

강이영성은 주저앉아 울었어. 이 모양을 본 마을 사람들은 거지 노릇을 그만두고 바르게 살아가려고 애쓰는 이 부부를 도와주기로 하였어. 동네 사람들은 은그릇에 죽을 정성껏 쑤어다 주었어. 은그릇으로 먹여 키웠다 해서 아이 이름을 '은장아기'라고 지었어. 은장아기가 나이 두 살이 되자 또 딸아이를 낳았어. 이번에도 동네 사람들이 도와주었어. 놋그릇에 밥을 해다 주었어. 그래서 둘째 딸은 '놋장아기'라고 이름 지었어.

셋째 딸이 태어났을 때는 마을 사람들도 정성이 줄어들어서 검은 나무바가지에 밥을 담아다 주었어. 그래서 셋째 딸의 이름은 '감은장아기'라 지었어.

감은장아기가 태어나자 신기한 일들이 일어났어. 이상하게 생활이 점점 나아지게 된 거야. 충분하지는 않았지만 먹을 것이 있었고, 돈도 모았어. 부부는 점차 논과 밭을 사고 소와 말까지 사게 되었어. 나중에는 큰 기와집까지 지어 남부럽지 않게 살게 되었어.

딸들이 열다섯 살이 넘어갔어. 부부는 지난날의 거지 생활은 까맣게 잊어버렸어. 어느 날 부부는 할 일도 없어 심심하다며 딸 셋을 불러 묻기 시작했어.

"큰딸 아기, 이리 오너라. 너는 누구 덕에 먹고 입고 살고 있느냐?"

은장아기가 대답했어.

"하느님 덕, 땅님 덕, 아버님 덕에 어머님 덕이지요."

이 말에 부부는 기분이 좋아 벙긋벙긋 웃으며 말했어.

"큰딸 아기 기특하다. 네 방으로 건너가거라."

둘째 딸을 불러 물어보았어.

"둘째 딸 아기, 이리 오너라. 너는 누구 덕에 먹고 입고 살고 있느냐?"

둘째 딸 놋장아기도

"하느님 덕, 땅님 덕, 아버님 덕 어머님 덕이지요." 하고 큰딸과 같은 말을 했어.

"둘째 아가 기특하다. 이제 네 방으로 건너가거라."

두 딸이 모두 부모님의 덕이라 하니 부부는 마음이 흐뭇하였어. 마지막으로 막내딸을 불러 물어보았어.

"작은 딸 아기, 이리 오너라. 너는 누구 덕에 먹고 입고 살고 있느냐?"

감은장아기의 대답은 언니들과 달랐어.

"하느님, 땅님, 아버님, 어머님의 덕도 있지마는 제 덕에 삽니다. 제 배꼽 아래에 그어진 금 덕에 먹고 입고 살고 있습니다."

부모는 자신들의 덕이라고 할 줄 알았던 막내딸이 제 복으로 덕을 본다는 말을 하자 잔뜩 화가 났어.

"저런 불효막심한 것이 어디 있느냐! 너는 어서 이 집에서 나가 버려라."

벼락같은 호령에 감은장아기는 입던 옷을 검은 암소 등에 싣고 집을 나서야 했어.

"어머님 아버님, 안녕히 계십시오."

감은장아기가 인사를 하고 집을 나가자 부부는 섭섭하여 그냥 있을 수 없었어. 그래서 큰딸을 불러 "쫓겨난 네 동생, 식은 밥이나마 먹고 가라고 일러라."라고 했어. 욕심 많은 은장아기는 어머니 아버지가 감은장아기를 도로 불러들이고 싶어서 그러는 거라고 생각했어. 똑똑한 감은장아기를 도로 불러들여 놓으면 부모님이 감은장아기만 좋아할 것 같았어. 또 집안의 재산을 나누어 가질 때에도 이로울 것이 없다고 생각했어. 은장아기는 대문 밖으로 나가 노둣돌 위에 올라서서 큰소리로 외쳤어.

"불쌍한 감은장아기야, 빨리 가거라. 아버지 어머니가 널 때리려고 나오신다."

영리한 감은장아기는 언니의 말을 듣고 그 속셈이 무엇인가를 알았어. 얄미워서 이렇게 대답했어.

"흥, 언니는 그 노둣돌 아래로 내려서거든 은지네로 변해서 어두컴컴한 땅속에서 살아!"

은장아기가 노둣돌에서 내려서자 정말 은지네로 변하여 버렸어. 그리고는 노둣돌 밑으로 들어가 버렸어.

부부는 은장아기가 막내딸을 데리고 들어오기를 기다리다가 오지 않으니까, 둘째 딸 놋장아기를 불러 데려오게 하였어. 놋장아기도 욕심이 많았어. 마침 문 밖에 있는 두엄 더미 위에 올라서서 말했어.

"감은장아기야, 어머니 아버지가 널 혼내려고 해. 빨리 달아나."

거짓말하는 놋장아기의 마음이 다 보였어. 섭섭한 감은장아기는 이렇게 대답했어.

"둘째 언니는 두엄 아래로 내려서서 버섯이나 되어라."

그 말을 듣자마자 놋장아기는 그 자리에서 버섯이 되고 말았어.

두 딸이 모두 돌아오지 않자, 부부는 궁금해서 급히 밖으로 달려나가다가 문 위쪽에 가로지른 나무에 눈을 부딪혔어. 한순간에 둘 다 장님이 되고 말았어.

"아이고, 눈이야."

"아무것도 보이지 않아."

장님이 된 부부는 아무 일도 못 하고 아무 데도 못 가고 방에만

앉아 지내게 되었어. 재산은 점점 줄어들었어. 다시 거지가 되고 말았어.

한편 집에서 쫓겨난 감은장아기는 검은 암소에 옷과 양식을 싣고 정처 없이 길을 걸었어. 가도 가도 사람 사는 마을이 보이지 않았어. 산속을 헤매던 감은장아기 눈에 다 쓰러져 가는 초가집이 하나 보였어. 얼른 달려가 주인을 찾으니 머리가 허연 할머니와 할아버지가 나왔어.

"날은 저물고 배는 고파 더 이상 걸을 수가 없어요. 하룻밤만 재워주셔요."

할머니 할아버지는 난처한 얼굴을 하고 말했어.

"우리 집엔 아들이 삼형제나 있어 잘 방이 없어요. 참 딱하게 되었소."

"부엌도 좋습니다. 쪼그려 앉아서 자도 됩니다. 제발."

애걸복걸하여 겨우 허락을 얻었어.

감은장아기가 부엌 구석에 앉아 졸고 있는데 갑자기 바깥에서 와당탕탕탕 하는 소리가 났어. 깜짝 놀라 할머니에게 물었어.

"이게 무슨 소린가요?"

"우리 집 큰마퉁이가 마를 캐어 가지고 와서 부리는 소리야."

큰마퉁이가 들어왔어. 큰마퉁이는 부엌을 흘긋 보더니 불평을 늘어놓았어.

"뭐요, 뭐. 애써서 마를 캐 왔더니 남의 집 여자 배만 불리는구

먼."

　대답도 들으려 하지 않고 방으로 들어가 문을 쾅 닫는 거야.

　조금 있으니까 또 바깥에서 와당탕탕탕 소리가 났어.

　"이건 또 무슨 소립니까?"

　감은장아기가 할머니에게 또 물었어.

　"우리 집 둘째 마퉁이가 마를 파가지고 들어왔어."

　둘째 마퉁이도 부엌을 들여다보고는 화를 내었어. 할머니 할아버지는 어쩔 줄 몰라 서로 얼굴만 쳐다봤어. 조금 후에 다시 발자국 소리가 들렸어. 작은마퉁이가 마를 담은 자루를 조심스럽게 들고 소리가 안 나게 문을 열고 들어왔어. 사방을 휘둘러보더니

　"야아, 이거 우리 집에 작은 암소랑 여자 사람이 들어왔네. 반가워요."

　작은마퉁이는 기쁘게 맞아 주며 웃었어. 할머니 할아버지도 그제서야 웃었어.

　감은장아기는 부엌 구석에 앉아서 삼형제가 하는 짓을 다 살펴보고 있었어. 삼형제는 제각각 파가지고 온 마를 삶아 저녁으로 먹기 시작했어. 먼저 큰마퉁이가 마를 삶아 가지고는

　"어머니 아버지는 먼저 세상에 나서 많이 먹었을 테니 마 머리 부분이나 잡수시오."

　하고 삶은 마의 머리 부분을 떼어 부모에게 주고, 자기는 살이 많은 가운데 토막을 먹는 것이었어. 둘째 마퉁이도 마를 삶았어.

"어머니 아버지는 오래 살면서 많이 먹었으니 꼬리 쪽이나 잡수시오."

하면서 꼬리를 잘라 부모님에게 주고 자신은 살이 많은 가운데 부분을 먹는 것이었어. 맨 나중에 작은마퉁이가 마를 삶아 가지고 그릇에 담아 부모님에게 드리며 말했어.

"어머님 아버님, 우리들을 낳아서 키우느라 얼마나 힘들었습니다? 이제 살면 몇 해나 사시겠습니까?"

그러고는 양쪽 끝을 자기 몫으로 떼어 놓고 살이 많은 가운데 부분을 부모에게 드리는 거야. 감은장아기는 집에서 쓸 만한 젊은이는 작은마퉁이밖에 없다고 생각했어. 아들들이 마를 삶아다 먹고 난 후에 감은장아기는 솥을 빌려서 가지고 온 쌀로 밥을 지었어. 기름이 자르르 흐르는 밥이었어. 감은장아기는 우선 밥을 한 상 차려 주인 할머니와 할아버지에게 갖다 드렸어. 할머니 할아버지는 어릴 적부터 한 번도 먹어 본 일이 없는 쌀밥이라 벌레 같다고 하며 먹지 않았어. 감은장아기는 큰마퉁이에게도 밥 한 상을 갖다 주었어. 큰 마퉁이는

"우리 조상님도 안 먹던 이런 애벌레 죽은 것을 어찌 먹으라는 거냐?"

하며 화를 냈어. 둘째 마퉁이도 큰마퉁이처럼 말했어. 산에 사는 마퉁이들은 쌀밥을 먹어본 적이 없었던 거야. 감은장아기는 작은마퉁이에게도 쌀밥을 차려다 주었어.

"음, 냄새가 아주 좋은걸. 새로운 음식을 먹어보네."

작은마퉁이는 감은장아기를 보고 씽긋 웃으며 맛있게 밥을 먹었어. 큰마퉁이와 둘째 마퉁이가 창구멍으로 동생의 밥 먹는 꼴을 보니 아주 맛있어 보이는 거야. 침을 꿀꺽꿀꺽 삼키다가

"얘, 아우야, 우리도 한 숟갈 줘라." 하고 말했어.

작은마퉁이는 "싫다 하고서는 왜 달라고 하십니까?" 하면서도 일어나더니 가운데 밥을 떠서 형들에게 드리는 거야. 형들은 뜨거워서 후후 불며 맛있게 먹었어. 그날 작은마퉁이와 감은장아기는 서로 마음이 맞았어. 작은마퉁이는 마를 캐는 이야기를 하였고, 감은장아기는 재미있었던 어린 시절 이야기를 하였어. 며칠 지나 둘은 부부가 되기로 했어. 할머니 할아버지는 너무 좋아 입이 귀에 걸렸지.

이튿날 아침 감은장아기는 작은마퉁이를 목욕시키고 새 옷으로 갈아입게 했어. 멋진 갓까지 씌우니 아주 잘생긴 선비가 되었어.

"마를 파는 곳을 구경하고 싶어요."

감은장아기는 작은마퉁이에게 마 파던 데를 구경시켜 달라고 했어. 둘은 함께 들판으로 나갔어. 가는 도중에 큰마퉁이가 마 파던 자리를 보았어. 마 파낸 자리에 누릇누릇한 게 있어 가까이 가 보니 똥이었어. 둘째 마퉁이가 마 파던 구덩이에도 가 보았어. 그 구덩이에는 지네와 뱀이 우글거리고 있었어.

마지막으로 작은마퉁이가 마를 파던 자리로 가보았어. 그런데 반짝거리는 것이 있어 꺼내 보니 빛나는 돌멩이였어. 감은장아기는 얼른 주워서 흙을 싹싹 닦아 다시 보았어.

"서방님, 이것은 금덩어리예요."

감은장아기와 작은마퉁이는 금덩이를 자루에 가득 담아 검은 암소에 싣고 집으로 돌아왔어. 읍내로 나가 금덩이를 팔고는 옷도 사고, 신발도 샀어. 고기도 사고 솥도 샀어. 작은마퉁이가 마를 파던 구덩이마다 금과 은이 가득했어. 두 사람은 부자가 되어 기와집에서 살게 되었어. 하루하루 행복하기만 하였지.

하지만 감은장아기의 얼굴은 어두웠어. 부모님 걱정 때문이었어. 부자가 되면 될수록 감은장아기는 부모님 생각이 간절했어. 자기가 집을 나온 후로 어머니 아버지는 장님이 되고 거지가 되었다는 소문을 들었기 때문이기도 해. 하루는 감은장아기가 작은마퉁이에게 말했어.

"부모님을 찾고 싶어요. 거지가 되어 헤매고 있다고 하니 거지 잔치를 열어주세요."

"왜 이제야 말하는 거요? 당연히 열어야지."

작은마퉁이는 웃으며 허락했어. 감은장아기는 백일 동안 거지 잔치를 베풀어 거지들을 대접하기로 했어. 거지 잔치가 시작되었어. 날마다 거지들이 사방에서 모여들었어. 감은장아기는 모여드는 거지들을 낱낱이 살펴보았어. 그러나 백일이 다 되어도 어머니 아버지는 보이지 않았어. 백일째 되는 잔치 마지막 날, 어두워질 무렵이었어. 늙은 부부 거지가 지팡이 하나를 같이 짚고 비틀거리며 찾아왔어. 감은장아기는 한눈에 부모를 알아봤어. 하인들에게 다른 방에 모시게 하고 더 좋은 음식을 대접하였어. 어느 정도 배가 부르자 감은장아기가 말했어.

"두 분 장님, 옛이야기나 해 보셔요."

"옛이야기는 들은 것도 없고 말할 것도 없어."

"그렇다면 살아온 이야기를 해 주세요."

그러자 장님 거지 부부가 눈물을 흘리며 이야기를 시작했어. 어릴 적부터 거지로 얻어먹으러 다니다가 부부가 된 일, 은장아기, 놋장아기, 감은장아기를 낳은 이야기, 감은장아기를 내쫓고 나서는 장님이 되어 다시 구걸하는 신세가 된 일들을 말이야.

얘기를 듣고 있던 감은장아기는 하염없이 눈물을 흘렸어. 정성껏 잔에 술을 가득 따라 두 장님에게 권하며 말했어.

"이 술을 받으십시오, 어머님, 아버님. 제가 감은장아기입니다. 어머니 아버지를 찾으려고 잔치를 차렸습니다."

두 장님은 깜짝 놀라 손에 들었던 술잔을 떨어뜨리며 큰 소리로 외쳤어.

"뭐? 뭐라고? 우리 감은장아기라고?"

그 순간 감겼던 눈이 확 떠졌어.

"아이고, 이게 꿈이냐 생시냐?"

“어머니, 아버지!”

“감은장아기야!”

세 사람은 부둥켜안고 엉엉 울었어. 작은마퉁이가 다가와 큰절을 올렸어. 감은장아기 부부는 부모님을 모시고 살게 되었지. 감은장아기의 얼굴에 햇살 같은 미소가 가득했어.

# 염라대왕을 데려온
# 강림

 차사본풀이 

옛날 옛적 동경국에 버무왕이 살았어. 아들 아홉을 낳고 행복하게 살고 있었지. 어느 날 동경국에 돌림병이 돌더니, 위로 삼형제가 죽고 말았어. 며칠 후 아래로 삼형제가 또 시름시름 앓다가 죽고 말았어. 가운데 삼형제만 남게 되었지. 버무왕은 남은 삼형제를 애지중지 키웠어. 바람 불면 날아갈세라 길가에 놓으면 깨질세라 귀하게 키웠어.

동경국에서 유명한 동개남사에는 여든 살이 된 큰스님이 살았어. 백발이 성성한 큰스님이 어느 날 제자 소사를 불렀어.

"소사야, 내일 12시에 내가 죽거든 동경국 버무왕에게 가거라."

"버무왕이요?"

"그래. 왕에게 가서 어린 세 아들의 수명이 열다섯이라고 알려 주거라."

"네? 열다섯 살에 명을 다한다고요?"

"버무왕에게 3년 동안 우리 절에서 기도를 해야 세 아들이 산다고 꼭 전하거라."

소사는 스승의 말을 듣고 믿어야 할지 말아야 할지 고민이 되었어. 큰스님은 스스로 예언한 대로 다음 날 12시에 세상을 떠났어. 소사는 깜짝 놀랐지. 모든 것이 사실이 될 것이라는 예감이 들었어. 당장 스승의 유언을 전하러 동경국으로 갔지. 마침 버무왕의 세 아들은 팽나무 그늘에서 놀고 있었어.

"저 세 도령이 십오 세가 되면 죽을 운명이라니. 쯧쯧."

세 아들은 그 말을 듣고는 겁이 덜컥 났어. 아버지 버무왕에게 달려갔지. 소사가 당도하기도 전에 말이야.

"아버지! 어떤 스님이 우리보고 열다섯 살이 되면 죽을 거래요!"

놀란 버무왕이 맨발로 나가려는데 장삼 자락을 휘날리며 소사가 걸어들어오고 있는 거야.

"저 스님이에요. 열다섯 살이 되면 죽는다고 했어요."

버무왕은 공손하게 스님을 안으로 모시며 말하였어.

"정말 우리 아들들이 죽는다고 하셨습니까?"

“스승께서 예언하시었소. 삼형제의 운명이오.”

심상치 않은 눈빛에 버무왕은 소사를 극진히 대접하고 다시 물었어.

“무슨 방도가 없겠습니까?”

“저의 스승께서 버무왕께 꼭 전하라 하셨습니다. 왕의 어린 세 아들은 우리 절에서 3년 동안 기도를 해야 살 수 있다고요.”

버무왕은 눈에 넣어도 아프지 않을 세 아들을 보내려니 가슴이 찢어지는 것 같았어. 하지만 눈물을 머금고 옷감과 곡식을 검은 소에 가득 싣고 세 아들을 절로 보냈어. 세 아들은 스님처럼 머리를 깎고 아침, 점심, 저녁마다 정성껏 기도를 올렸어. 어느덧 열다섯 살이 되었어.

저승에서는 수명이 다 된 버무왕의 아들 삼형제를 잡아오라고 염라대왕이 차사에게 명하였어. 저승차사들이 동경국 동개남사로 갔지. 동개남사에는 머리 깎고 가사 장삼을 입은 스님 삼천 명이 기도를 하고 있었어. 사흘을 빙빙 돌아도 삼형제를 찾을 수가 없어 그냥 돌아갔어. 그렇게 열다섯 살이 지나자 삼형제는 비로소 안심했어. 소사 스님을 찾아가 집으로 보내달라고 애원하였어. 소사는 세 아들을 불러놓고 말했어.

“삼 년만 더 있으면 화를 면하고 오래 살 것인데 꼭 이제 가야 하겠느냐?”

“스님께서 열다섯이라고 하지 않았습니까? 약속은 지키셔야지요."

갑자기 집에 간다는 생각을 하자 삼형제는 부모님이 보고 싶어 하루도 참을 수 없었어. 누가 시작했는지 셋은 어머님, 아버님을 부르며 대성통곡했어. 세 형제의 울음소리가 산을 울리고 땅을 울렸어.

"하는 수 없구나. 떠나려무나."

"와, 고맙습니다."

"가는 길에 과양 땅에 사는 과양생이 처를 조심하여라."

소사는 신신당부를 하며 삼형제에게 올 때 가지고 왔던 비단과 명주 아홉 필을 돌려주었어.

"이것을 팔아 노잣돈으로 쓰면서 돌아가거라."

동경국으로 가는 발걸음은 가벼웠어. 과양 땅에 들어서자 슬슬 배가 고파오기 시작했어. 점심때가 되자 도저히 걸을 수가 없었어. 삼형제는 제일 으리으리한 기와집으로 들어갔어.

"배가 고파 더 걸을 수가 없습니다. 식은 밥이라도 좀 주셔요."

그 집은 과양생이 집이었어. 삼형제는 그 사실을 몰랐지. 과양생이 처는 거지인 줄 알고 내쫓으려고 하다가 등에 진 비단을 보고 생각을 바꿨어. 행색은 거지인데 비싼 비단을 가지고 있는 것을 보니 절에서 기도하다 돌아가는 도령들이 분명했기 때문이야.

"묵을 곳은 정하셨나요?"

"아니요."

"괜찮으시면 우리 집에서 묵고 가셔요, 호호호호."

과양생이 집만 아니면 될 거라는 생각에 삼형제는 물었어.

"과양생이 집은 여기서 먼가요?"

깜짝 놀란 과양생이 처는 되물었어.

"왜요?"

"스님께서 그 집에선 자지 말라고 하셨어요."

순간 형이 입을 막았지만 과양생이 처는 다 알아버렸지.

"걱정 마셔요. 과양생이 집은 저 반대쪽에 있답니다."

과양생이 처는 삼형제를 따뜻하게 데워놓은 방으로 데리고 갔어. 맛있는 음식을 잔뜩 먹이고는 보약이라며 독한 술까지 마시게 하였어.

"이것은 보약입니다. 너무 피곤해 보이는데 한 잔 마시면 천년을 살고 두 잔 마시면 만 년을 살고 세 잔 마시면 구만 년을 살게 되지요."

삼형제는 과양생이 처의 꾐에 넘어가 보약인 줄 알고 독한 술까지 마시고 말았어. 삼형제는 금방 취해서 곯아떨어졌지. 몰래 삼형제를 살피던 과양생이 처는 얼른 창고로 달려갔어. 삼 년 묵은 들기름을 꺼내 와서 청동 화롯불 위에 올려놓았어. 뜨거워진 기름을 삼형제의 왼쪽 귀에다 붓고 오른쪽 귀로 나오게 하였어. 삼형제는 아, 한마디 하지 못하고 그 자리에서 죽고 말았어.

과양생이 처는 삼형제가 갖고 있던 비단과 명주를 몽땅 챙겼어. 깊은 밤에 과양생이 부부는 삼형제의 시체를 주천강 연못에 던져버렸어. 아무도 모르게 감쪽같이 말이야. 그리고서는 아무 일도 없었다는 듯이 돌아다녔어. 며칠 후 과양생이 처는 빨래를 하러 주천강 연못에 갔어. 주천강에는 처음 보는 예쁜 연꽃 세 송이가 활짝 피어있었어.

"저 꽃은 내 거야. 이 세상에 좋은 것들은 다 내 거야. 남 주는 건 너무 아까워. 암, 줄 수가 없지."

과양생이 처는 꽃 세 개를 똑똑똑 꺾어서 집으로 갖고 와서 대문간에 꽂았어. 그런데 꽃은 생긴 것과는 달리 매우 성질이 사나웠어. 대문을 드나들 때마다 꽃들은 저절로 움직이며 사람의 머리를 건드리는 거야. 특히 과양생이 처가 지나갈 때마다 머리를 박박 매고, 찰싹찰싹 때리기도 하고 못살게 구는 거야.

"예쁜 것이 성질 하나는 더럽군."

과양생이 처는 꽃을 떼어다가 박박 비벼서 활활 타는 화롯불에 던져버렸어. 순간 꽃은 사라지고 그 자리에 구슬이 세 개 생겼어. 조금 있으니 청태국 마고할망이 불을 빌리러 왔어. 과양생이 처는 얼굴도 돌리지 않고 말했어.

"청동화로에서 젤 약한 불 하나 가져가세요."

마고할망이 청동화로를 봤더니 불은 없고 삼색 구슬 세 개가 있는 거야.

"불은 없고 구슬만 있네그려."

“뭐라고요? 구슬? 그 구슬은 내 거예요.”

과양생이 처는 마고할망에게 달려들어 구슬을 빼앗았어. 너무나 예쁜 구슬이었어. 장판에서 떼구르르 굴려보았어. 입에도 넣어 이리 굴리고 저리 굴려 보았어. 그러다가 그만 목 아래로 또르륵 넘어가고 말았어. 뱉으려고 할수록 더 안으로 들어가는 거야.

그 후로 이상하게 배가 불러오더니 열 달 후에 과양생이 처는 세 쌍둥이를 낳았어. 자식이 없던 과양생이 부부는 덩실덩실 춤을 추었어. 삼형제가 일곱 살이 되던 해에 과양생이 부부는 삼형제를 서당에 보냈어. 삼형제는 너무 똑똑했어. 하나를 가르쳐 주면 열을 알고, 한번 배운 것은 잊어버리지 않았어. 열다섯 살이 되는 해에 삼형제는 과거시험을 보았어. 삼형제 모두 장원 급제했어.

“세 아들이 모두 장원 급제했다오! 얼씨구, 절씨구.”

과양생이 부부는 동네방네 자랑하고 다녔어. 드디어 장원 급제한 세 아들이 관복을 입고 관대를 하고 어사화를 쓰고 왔어. 과양생이 부부의 건방은 하늘을 찌를 정도였지.

“어머니, 아버지, 절 받으세요.”

아들들의 절을 받고 미소를 지으며 고개를 쓰윽 들었어. 그런데 삼형제가 절을 하고 일어나질 않는 거야. 부모 앞에서 사모관대를 쓰고 그대로 푹 고꾸라져 죽어버린 거지.

“아이고! 아이고!”

"이게 웬 날벼락이냐? 아이고."

과양생이 부부는 넋이 나가버렸어. 과거에 급제한 세 아들이 한날한시에 죽었으니 당연했지. 과양생이 처는 그날부터 매일 관가로 갔어. 당장 세 아들이 죽은 이유를 밝혀내라며 생떼를 썼어.

김치 원님은 아무리 생각해도 그 이유를 모르겠는 거야. 그런데 과양생이 처는 관가에 죽치고 앉아 이유를 밝혀내라고 닦달을 했어. 하루 이틀도 아니고 매일매일 닦달을 하니, 김치 원님은 눈이 퀭하게 들어가고 몰골이 말이 아니었어. 원님이 해결을 못 해 주니 과양생이 처는 염라대왕을 데려오라는 소지를 올리기 시작했어.

"저승의 염라대왕을 잡아다주시오. 하도 억울해서 따져봐야겠소."

그날부터 염라대왕을 잡아다 달라는 소지를 하루에 세 번씩 올리는 거야. 백일이 되니 소지가 삼백 개나 된 거야.

"아니, 말이 되는 소지를 올려야지. 어떻게 저승의 염라대왕을 잡아온단 말인가!"

김치 원님은 어찌할 수가 없었어. 원하는 대로 되지 않자 과양생이 처는 날마다 동헌이 내다보이는 돌담 위에 올라가 김치 원님을 향한 상스러운 소리와 욕을 고래고래 지르기 시작했어. 김치 원님은 잠도 못 자고 밥도 못 먹고 시름시름 앓았어. 김치 원님의 부인이 보다 못해 말했어.

“사또, 사람이 죽고 사는 문제를 인간이 어찌 압니까? 염라대왕에게 물어보는 수밖에 없습니다. 똑똑하고 힘센 관원을 저승으로 보내 염라대왕을 불러오도록 하시지요.”

“아니, 부인. 그게 말이나 되는 소리요?”

“말이 되든 안 되든 해 보고 안 되면 안 된다고 하셔야죠.”

“힘센 관원이라…”

김치 원님은 고민고민하였어.

‘염라대왕을 잡으러 누구를 보내면 좋단 말인가?’

김치 원님은 깊은 시름에 잠겨 있다가 벌떡 일어났어.

“강림이라면!”

성문 안에 각시 아홉, 성문 밖에 각시 아홉을 거느리고, 소 아홉 마리를 한 번에 잡아먹는 강림이라면 무슨 일이라도 할 수 있을 거란 생각이 번쩍 들었어. 김치 원님의 부인이 말했어.

“내일 아침부터 매일 새벽에 모이라고 하십시오. 한 번이라도 늦으면 그걸 트집 잡아 임무를 맡기십시오. 아니면 곤장 백 대를 치겠다고…”

부인의 말대로 명령을 내렸어. 꼬투리를 잡으려고 눈 부릅뜨고 기다렸지.

“강림 지각!”

어느 날 해가 중천에 떠서야 관복도 입지 못한 강림이 동헌 마당으로 들어왔어. 이때다 싶은 김치 원님은 큰 소리로 말했어.

"나라의 세금을 먹고 사는 자가 어찌 이리 게을러 터졌냐. 죽고 싶은 게냐?"

"아닙니다."

"당장 형틀을 마련하고 죽을 때까지 곤장을 쳐라!"

강림이 김치 원님 앞에 넙죽 엎드렸어.

"제발 한 번만 용서해주십시오. 시키는 대로 다 하겠습니다."

"시키는 대로 다?"

"예. 뭐든지 할 테니 곤장은 맞지 않게 해 주십시오."

"좋다. 죽고 싶지 않으면 저승에 가서 염라대왕을 잡아오너라."

"예? 뭐라고요?"

강림은 잘못 들었나 하고 귀를 가까이 갖다 댔어.

"저승에 가서 염라대왕을 잡아오너라."

"아이고, 그게 말이 됩니까요?"

"싫으면 할 수 없지. 당장 곤장을 쳐라. 죽을 때까지 쳐라."

"아, 아, 아닙니다! 하, 하, 하겠습니다. 염라대왕을 잡아오겠습니다."

강림은 염라대왕을 잡아오겠다고 말한 입을 막으며 후회를 하였지만 이미 엎질러진 물이었어. 김치 원님은 고개를 돌리고 빙그레 웃었지.

그날부터 강림은 집에 가서 문을 잠그고 드러누웠어.

"서방님, 왜 그러세요? 말을 해야 알 것 아니에요?"

성문 밖에 있는 아홉 명의 부인에게 먼저 이야기를 하였어.

"원님이 나보고 저승에 가서 염라대왕을 잡아오라고 하지 뭐요."

부인들은 다 도망가 버렸어. 성안의 아홉 부인들도 마찬가지였어. 하는 수 없이 결혼식만 올리고 한 번도 간 적이 없는 큰부인에게 갔어. 힘이 하나도 없이 축 늘어지고 눈이 퀭해진 강림을 보고 큰부인이 말했어.

"서방님, 왜 그러십니까? 말을 해 보십시오."

강림의 말을 들은 큰부인도 하늘에서 날벼락이 친 줄 알았어. 그렇지만 침착하게 말했어.

"운다고 해결되나요. 머리를 짜 봐야지요."

며칠을 밤낮으로 고민하던 큰부인이 강림에게 말했어.

"여보, 염라대왕을 잡아올 수 있어요."

"정말이오?"

강림은 그제서야 벙긋 웃으며 일어나 앉았어. 밥 열 그릇을 단숨에 비웠지. 그 모습을 본 큰부인은 뒤주에서 흰쌀을 꺼내어 방아에 찧어 눈처럼 고운 가루를 만들었어. 시루에 넣어 시루떡을 쪘지. 첫째 시루는 문전신을 위한 시루, 두 번째 시루는 조왕신을 위한 시루, 세 번째 시루는 강림이 저승 갈 때 먹을 시루였어. 떡이 다 되자 강림의 부인은 마당에 멍석을 깔고 정화수를 떠다 놓고 이레 동안 잠도 안 자고 조상신들에게 빌었어.

"내일 아침 날이 밝기 전에 떠나세요."

캄캄한 새벽에 강림은 시루떡 세 덩이와 큰부인이 준비한 것들을 등에 지고 길을 떠났어. 저승 가는 길을 모르니까 그냥 정처 없이 걸었지. 한참을 가다가 길을 잃어버렸어.

"에이, 배고픈데 밥이나 먹고 가자."

떡을 먹으려는데 불이 활활 붙은 치마를 입은 할머니가 지나가는 거야.

"할머니, 이 떡이나 같이 드시지요."

"나도 있다."

"떡이 나하고 똑같네요?"

"이놈아, 난 네 집 부엌을 지키는 조왕할망이다. 큰부인이 저승길을 안내하라고 나를 보냈다. 네 부인의 정성이 기특하여 저승길을 알려주마. 얼른 일어나거라."

강림은 그제서야 부인의 소중함을 알고 눈물을 흘렸어. 저승 가는 길은 험하고 멀었어. 한참을 가다 보니 할머니가 사라져버렸어. 조금 걷다 보니 일흔여덟 갈래로 갈라진 길이 나왔어. 조왕할망도 가버리고 배도 고프고 해서 시루떡을 꺼냈어. 그때 백발노인이 흰 수염을 휘날리며 훨훨 날듯이 걸어가는 거야.

"할아버지, 이 떡 같이 드시지요."

"나도 있다."

이번에도 떡이 똑같았어.

"떡이 나하고 똑같네요?"

"이놈아, 난 네 집 문을 지키는 문전신이다. 네 착한 부인이 길을 인도하라고 나를 보냈다. 부인 고마운 줄 알아라."

강림은 다시 한번 착한 부인을 생각하며 눈물을 흘렸어. 노인은 일흔여덟 개의 길에서 길 하나를 가리키며 그리로 가라고 했어. 가다 보니 길을 고치던 저승사자가 지쳐서 쉬고 있었어. 강림이 먹는 것을 보고 군침을 흘리자 떡을 주었어.

"아이고! 사람이 어떻게 여기를 오셨습니까?"

저승사자는 떡을 먹으며 물었어. 강림은 귓속말로 말했어.

"염라대왕을 잡으러 왔습니다."

저승사자는 깜짝 놀라며 가려고 했어. 강림은 계속 사정을 하였어. 이미 강림의 떡을 먹어버린 저승사자는 떡값은 해야겠다고 생각했어.

"정 그러시다면, 떡값은 해야 하니…, 저승에 가면 연추문이라고 있습니다. 거기에서 기다리면 네 시에서 다섯 시 사이에 염라대왕이 탄 마차가 지나갈 겁니다. 그때 염라대왕을 잡으면 됩니다."

"아이고, 고맙습니다."

"한 가지 더 일러줄 게 있습니다. 가다 보면 이승에도 못 가고 저승에도 못 간 사람들이 지내는 헹기못이 나옵니다. 사람들이 자기도 데려가 달라고 몰려들 겁니다. 그때 떡을 잘게 부숴서 던지면 그것을 먹는 동안 지나가면 됩니다.”

“아이고, 감사합니다.”

강림이 가다 보니 저승사자가 말한 대로 헹기못에 사람들이 몰려들었어. 떡을 잘게 부숴서 던졌어. 사람들이 떡 먹으러 몰려간 사이에 무사히 연추문까지 갔어. 몰래 숨어있는데 어마어마한 행차가 다가왔어. 염라대왕 행차가 분명했어. 강림은 삼각 수염을 휘날리며 무쇠 같은 팔뚝을 걷어붙이고 천둥같이 소리치며 달려들었어. 마차를 열어보니 염라대왕이 있었어. 강림은 재빨리 쇠사슬로 염라대왕을 묶었어. 깜짝 놀란 염라대왕이 사정을 하였어.

“지금은 할 일이 많아 갈 수가 없다. 먼저 가 있으면 모레 사, 오시에 꼭 관가 마당으로 가마.”

“그러면 도장을 찍어 주시오.”

염라대왕은 강림의 저고리에 도장을 찍어주었어. 강림은 이제 인간세상으로 돌아가야 하는데 어떻게 가야 할지 몰라 염라대왕에게 물어보았어.

“이 하얀 강아지와 돌레떡을 주마. 떡을 품고 가면서 조금씩 떼어주면 강아지가 너를 안내할 거다.”

강림은 강아지를 따라서 헹기못까지 왔어. 그런데 갑자기 강아지가 달려들어 강림의 목을 무는 거야. 강림은 한순간에 아찔

하게 정신을 잃었어. 강림이 정신이 차려보니 집 마당 안이었어.
큰부인이 3년 동안 강림이 돌아오지 않자, 강림이 죽은 줄 알고
제사를 지내고 있었던 거지.

"서방님아, 서방님아, 살아있거든 하루바삐 돌아오고 죽었거
든 제사상을 받으소서."

강림이 부인 앞으로 썩 나섰어.

"부인!"

"아이고! 서방님!"

부인은 기뻐하며 엉엉 울었어. 다음 날 강림이 관가로 갔어.

"오! 어서 오너라. 염라대왕은 잡아 왔겠지? 그런데 어찌 보이
지 않느냐?"

"내일 사, 오시에 오기로 했습니다."

강림은 지금까지 있었던 일을 모두 말했어. 김치 원님은 강림
의 말을 들으며 오싹하고 오금이 저려왔어. 진짜 염라대왕을 데
려왔다니 믿을 수가 없었지. 다음 날 오시가 가까워지자 하늘에
시커먼 구름이 잔뜩 끼더니 검은 먹구름이 순식간에 하늘을 덮
어버렸어. 세상이 뒤집힐 것 같은 무시무시한 순간이었어.

"원님은 어디 있느냐?"

김치 원님이 기둥 뒤에서 벌벌 떨면서 나왔어. 염라대왕은 천
둥처럼 크고 무시무시한 소리로 다그쳤어.

"네가 원님이냐? 어쩐 일로 나를 오라고 청하였느냐?"

김치 원님은 강림 앞으로 나서면서 과양생이 처 이야기를 하였어. 염라대왕은 화를 버럭 내며 말하였어.

"과양생이 부부를 당장 불러라!"

과양생이 부부가 바들바들 떨면서 염라대왕 앞에 엎드렸어. 쩌렁쩌렁한 소리로 염라대왕이 물었어.

"세 아들을 어디에 묻었느냐?"

"우리 밭에 묻었습니다."

"그럼 한번 파 보거라."

과양생이 부부가 밭을 팠지만 아무것도 없었어.

"감히 염라대왕에게 거짓말을 해?"

"아닙니다. 분명 아들 셋을 동시에 묻었습니다요."

"모두들 나를 따라오너라!"

염라대왕의 목소리는 더 커졌어. 하늘이 울리고 땅이 울렸어. 지붕이 흔들흔들거렸어. 염라대왕은 주천강 연못으로 가서 금부채로 연못을 세 번 때렸어. 삼형제가 벌떡 일어나 물 밖으로 걸어 나오는 거야.

"너희 아들이 맞느냐?"

"예, 제 세 아들이 맞습니다."

그 말을 들은 삼형제는 버럭 화를 내며 말했어.

"우리가 어째서 댁의 아들이오? 우리는 동경국 버무왕의 아들들이오."

염라대왕이 삼형제 앞으로 나서며 말했어.

"너희 원수는 내가 대신 갚아주마. 너희들은 어서 부모님을 찾아가거라."

염라대왕은 세 아들을 동경국 버무왕에게 보냈어.

"이런 못된 것들!"

염라대왕이 소리치자 천둥번개가 치고, 비바람이 세차게 몰아쳤어. 염라대왕은 과양생이 부부를 손으로 비벼서 각다귀로 만들어 버렸어. 그리고 나서 염라대왕은 김치 원님을 조용히 불렀어.

"원님, 강림을 조금만 빌립시다. 저승에 데려가서 저승차사 일을 시키다 보내드리리다."

"싫소."

김치 원님은 두말없이 거절했어.

"그러거든 우리 반씩 나눠 가지는 게 어떻겠소?"

김치 원님은 거절하지 못하고 그렇게 하겠다고 했어.

"그럼 몸을 갖겠소? 혼을 갖겠소?"

김치 원님은 잠시 생각하더니 힘센 몸을 갖겠다고 했어.

염라대왕은 강림의 혼을 데리고 저승으로 가버렸어.

"강림아, 이 술 받아먹고 저승에 갔다 온 이야기나 해 봐라."

김치 원님이 술을 권하는데 강림은 우두커니 선 채로 대답을 하지 않는 거야.

"저놈 봐라. 저승에 갔다 왔다고 잘난 체하는 거냐?"

강림을 툭 건드렸더니 픽 쓰러졌어. 강림의 혼이 염라대왕을 따라가 버린 거야. 원님은 후회했지만 어쩔 수 없었지.

염라대왕을 따라간 강림은 저승사자가 되었지. 염라대왕은 낄낄 웃으며 강림에게 명을 내렸어.

"삼천 년 동안 요리조리 피하면서 저승에 오지 않는 동방삭이를 잡아오너라."

"예. 꼭 잡아오겠습니다."

강림은 평소에 동방삭이 자주 다닌다는 냇가에서 숯을 씻었어. 지나가던 노인이 껄껄 웃으며 말했어.

"아니, 왜 숯을 씻는 거요?"

"까만 숯을 씻어서 하얗게 만들려고 그러오. 빨래도 하면 깨끗해지지 않소?"

"허허. 말도 안 되는 소리."

"말이 되는 소리요."

"삼천 년을 살았지만 숯을 물에 씻는 사람은 처음 본다니까."

그 순간 강림은 와락 달려들어 꽁꽁 묶어버렸어.

"으하하하. 네놈이 동방삭이구나."

염라대왕은 동방삭을 데려온 강림을 차사 중의 차사라고 칭찬하고 큰 상을 내렸어. 하긴, 염라대왕을 데려간 강림 차사를 누가 이길 수 있겠어?

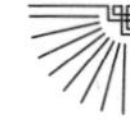

# 농사의 신·사랑의 신,
# 자청비

## 세경본풀이

옛날 아주 먼 옛날 탐라국에 김진국 대감이 살고 있었어. 고래 등 같은 기와집에 엄청난 하인을 거느린 최고 부자였지. 망오름 위에 올라서서 봐야 김진국 대감의 땅을 다 볼 수 있다는 말이 나올 정도였지. 그러나 김진국 대감에게는 큰 걱정거리가 하나 있었어. 나이 마흔이 넘어서도록 자식이 하나도 없었던 거야.

하루는 김진국 대감이 집으로 돌아오는데 높은 나무에 있는 까마귀 집에서 '오조조조조' 웃는 소리가 들렸어. 까마귀 가족들이 웃는 소리였어. 조금 더 걷다 보니 다 쓰러져 가는 초가집에서도 웃음소리가 들렸어. 가난한 거지 부부가 아기 재롱에 웃음 잔치를 벌이고 있었어.

‘아무것도 없는 거지도 아기 덕분에 웃음이 넘쳐나는구나. 까마귀도 새끼가 있으니 저리 웃는구나.’

김진국 대감은 갑자기 돈도 싫고 벼슬도 싫어졌어. 일하기도 싫고 놀기도 싫고 매일 짜증만 났어. 김진국 대감의 부인이 여러 가지 노리개와 갖가지 귀한 것들을 가지고 왔지만 어떤 것도 대감의 마음을 풀어주지 못했어. 김진국 대감의 얼굴은 점점 어두워졌어. 그 모습을 보자 부인도 갑자기 서럽고 외로워졌어. 두 사람은 아기가 없는 신세를 한탄하며 한숨만 크게 쉬었지.

그러던 어느 날, 동개남사의 주지 스님이 마을로 내려왔다가 김진국 대감과 마주쳤어. 김진국 대감은 공손하게 절을 하고 걱정을 말했어.

“사십이 지나도록 자식 하나 없으니 살아갈 낙이 없다오.”

“우리 법당에 와서 제를 올리면 자식을 얻을 수 있을 겁니다.”

귀가 번쩍 뜨이고 눈이 반짝 뜨인 김진국 대감은 수레에 쌀과 옷감 그리고 금과 은을 가득 싣고 동개남사로 향했어. 백일 동안 정성을 다하여 기도를 드렸지. 그 후 부인은 해를 닮은 예쁜 여자아이가 품으로 달려드는 꿈을 꾸었어. 신기하게도 김진국 대감도 같은 날 같은 꿈을 꾸었어.

“아기를 갖게 되나 봅니다.”

열 달 후 부인은 예쁜 여자아기를 낳았어. 금쪽같이 귀한 딸이었지. 김진국 대감은 아기를 낳게 해 달라고 자청하여 낳은 딸이라 하여 딸 이름을 자청비라고 지었어. 같은 날 같은 시각에 하녀 느진덱이도 아기를 낳았어. 아들이었지. 느진덱이는 아들 이름을 정수남이라고 지었어.

자청비는 무럭무럭 자랐어. 아주 활달하고 씩씩했어. 마음씨도 착했어. 하인들을 돕겠다고 나섰다가 말썽만 부리는 바람에 하인들은 제발 그냥 있는 게 도와주는 거라고 빌곤 했어.

"아이고, 우리 아가씨는 바람같이 일을 하니 정신을 못 차리겠어."

"우리 아가씨가 그릇을 씻다간 남는 그릇이 하나도 없을 거야."

하지만 모두가 자청비를 좋아했어. 특히나 옷감 짜는 솜씨에는 모두가 혀를 내두르며 칭찬을 하였어. 어느 날 자청비가 하녀 느진덱이의 손을 보고 말했어.

"느진덱이야, 너는 어쩌면 손이 그리도 고우냐?"

"애기씨, 무슨 말씀입니까? 저는 매일매일 설거지하느라 손가락이 굵은걸요."

"아니야, 하얗고 예뻐. 무얼 하니?"

"저는 매일 주천강 연화못에 가서 빨래를 한답니다. 애기씨 손이 더 곱지요."

"빨래?"

자청비는 말을 듣자마자 벌떡 일어났어. 그리고는 어머니 방,

아버지 방 돌아다니며 빨랫감을 죄다 모아다가 주천강 연화못으로 향했어.

"나도 빨래를 해서 느진덱이처럼 고운 손을 만들어야지."

연못은 아름다운 봄 빛깔로 평화로왔어. 버드나무의 초록 잎과 왕벚꽃이 어우러지고 나비들이 꽃 사이를 넘나들었어. 새들이 지저귀고 봄바람에 꽃잎들이 나폴나폴 나비 되어 날아다녔어.

상쾌한 산들바람처럼 달려온 자청비는 옷을 풍덩풍덩 담가 빨래를 하였어. 마침 그때 하늘나라 문도령이 인간 세상에 글공부하러 내려왔다가 주천강 연화못을 지나게 되었어. 어여쁜 자청비를 본 문도령은 한눈에 반했어. 말을 한번 붙여보고 싶어서 자청비에게 다가갔어.

"저, 목이 말라 그러는데 물 한 모금만 주겠소?"

자청비가 깜짝 놀라 고개를 돌려 보니 잘생긴 도령이 서 있는 거야. 자청비도 한눈에 반했어. 차림새로 보아 귀한 집 도령 같았지. 자청비는 바가지에 물을 하나 가득 떠서 물 위를 세 번 휘젓고, 물 아래를 세 번 두드렸어. 그리고는 버드나무 이파리를 물 위에 띄운 후 문도령에게 주었어. 문도령은 버드나무 잎 때문에 벌컥벌컥 마실 수가 없었어. 후후 불어가며 물을 천천히 마셨어.

"물 한 모금 달라는데 이 무슨 심술이오? 어여쁜 아가씨가."

자청비가 웃으며 말했어.

"날파리가 달려들까 봐 물 위를 휘젓는 거랍니다. 물 밑에 혹시 나쁜 것이 가라앉아 있나 해서 바가지 아래를 두드리는 거랍니다. 물에 체하면 약도 없기에 천천히 드시라고 버들잎을 띄워 드렸답니다.”

자청비의 말을 듣고 보니 과연 맞는 말이었어. 지혜로운 마음 씀씀이에 감탄이 절로 나왔어. 문도령은 자청비가 더 맘에 들었어.

“나는 하늘나라 문도령이오. 글공부, 활공부하러 내려왔소.”

자청비는 문도령이 마음에 들어 얼른 말을 꾸며댔어.

“저는 자청비라고 합니다. 마침 잘 되었군요. 제 남동생이 글공부를 하러 가려는데 벗이 없어 고민하고 있었답니다. 함께 가시면 어떠실지요?”

“좋습니다. 저도 마침 혼자 가기가 심심하던 터였는데.”

자청비는 문도령에게 잠시 기다리라고 하고 집으로 달려갔어.

“아버지, 저도 글공부하러 가고 싶어요.”

“계집아이가 글공부는 무슨 글공부냐?”

갑작스런 말에 어안이 벙벙해진 김진국 대감이 말했어.

“아버지, 자식이라고는 저 하나뿐인데 제가 글을 모르면 부모님 제사 때 축문을 누가 쓰겠어요?”

그 말에는 김진국 대감도 할 말을 잃었어. 자식이라고는 딸 하나밖에 없었으니까.

“그러고 보니 그리해야겠구나.”

“그럼 지금 당장 글공부하러 떠나겠습니다.”

자청비는 서둘러 남자 옷으로 갈아입고는 손에 잡히는 대로 책을 한 움큼, 붓도 한 움큼 쥐고 헐레벌떡 뛰어 문도령에게 갔어.

"혹시 문도령 아니시오? 난 자청도령이라고 하오."

"반갑소. 나는 문도령이오."

"누님에게 이야기 들었소. 글공부를 하러 가신다고?"

"같이 갑시다."

"그럽시다."

문도령은 눈을 비비고 다시 살폈어. 자청비와 얼굴이 너무나 닮아서 놀랐어. 고개를 갸웃거리며 함께 길을 떠났어. 며칠 후 둘은 글선생 댁에 도착했어. 글선생 댁에는 많은 젊은이들이 와 있었어. 두 사람은 같은 방을 쓰고 밥도 함께 먹게 되었어. 자청비는 자신이 여자라는 것을 문도령이 알게 될까 봐 걱정을 하였어. 그래서 꾀를 하나 내었지. 잘 시간에 되면 은대야에 물을 담아가지고 들어왔어. 자기와 문도령 사이에 물 담은 대야를 놓고 그 위에 젓가락을 걸쳐 놓았어. 문도령이 눈을 크게 뜨고 쳐다보았어. 왜 그러냐는 듯이 말이야.

"부모님께서 신신당부하신 말이 있네. 은젓가락이 떨어지면 글공부, 활공부도 떨어지게 되니 늘 조심하라고 말이야."

문도령은 젓가락이 떨어질까 봐 잠을 제대로 잘 수가 없었어. 자청비는 자신이 꾸며댄 일이라 아무 걱정 없이 쿨쿨 잤지. 하루 이틀이 지나자 문도령은 졸음을 참을 수 없어 공부도 잘 안 되고 활도 제대로 쏠 수가 없었어. 자청비는 글도 장원이요, 활쏘기도 장원이라 모두가 부러워하였어. 문도령은 자청도령만 보면 자청비 생각이 났어. 가끔은 자청도령이 여자라는 생각이 들었지. 그럴 때면 마음이 흔들려 공부에 집중을 할 수가 없었어. 문득 좋은 생각이 떠올랐지. 문도령이 말했어.

"자네, 나랑 시합 하나 하지 않겠나? 오줌 멀리 싸기 시합 말일세."

난데없이 오줌 싸기 시합을 하자는 문도령의 마음을 자청비는 알 수 있었어. 자신이 여자인지 남자인지 확인을 해 보려는 거지. 자청비는 지체 없이 그러자고 대답했어. 문도령과 자청비는 등을 마주하고 오줌을 싸기 시작하였어. 문도령의 오줌 줄기는 아홉 자 반이나 날아갔어. 문도령은 의기양양한 표정을 지었지. 그러나 바로 그 순간 문도령은 자기의 눈을 비비고 또 비빌 수밖에 없었어. 자청비의 오줌 줄기가 열두 자 반이나 뻗어가는 게 아니겠어?

문도령은 할 말이 없었어. 더 이상 자청비를 의심하지도 않았어. 사실 자청비는 자신이 여자임이 탄로 날까 봐 다리 사이에 대나무 대롱을 대어 오줌이 멀리 나갈 수 있도록 미리 준비를 하였지.

하늘나라 옥황인 문도령 아버지는 인간 세상에 내려간 아들이 자청비 꾀에 넘어가는 것을 보면서 한탄을 하였어.

"쯧쯧. 저런 저런. 저러다간 글공부고 활공부고 하나도 아니 되겠구나."

며칠이 지나자 하늘나라에서 편지가 왔어. 당장 올라와 서수왕 따님과 혼인하라는 편지였어.

"하늘나라에서 온 편지일세. 그만 돌아와 장가들라는군. 내일 당장 집으로 가야겠네."

문도령이 편지를 보여주며 집에 가겠다고 하자 자청비는 어이가 없었어.

'바보 같은 문도령.'

문도령이 없으면 자청비는 글선생 집에 있을 이유가 없었어.

"나도 같이 가겠네."

둘은 함께 길을 떠났어. 주천강 연화못에 이르자 자청비가 말했어.

"우리 마지막으로 목욕이나 하고 헤어지세. 글공부, 활공부 다 내가 이겼으니 내가 위쪽에서 목욕하고 문도령은 아래쪽에서 하게."

자청비는 강 위쪽으로 올라갔어. 그리고는 나뭇잎을 몇 장 뜯어 무언가를 적고는 아래쪽으로 흘려보냈어. 문도령은 나뭇잎이 떠내려오자 무심코 집어 들었는데 글이 쓰여 있는 거야.

"무심한 문도령아, 눈치 없는 문도령아, 삼 년을 한 방을 쓰고도 여자 남자 구별도 못 하는 바보야."

자청비의 글씨가 분명하였어. 문도령은 그제서야 모든 것을 눈치챘지. 옷을 입는 둥 마는 둥 자청비를 쫓아갔어. 집으로 돌아가던 자청비는 문도령이 부르는 소리를 듣고 빙긋이 웃었어. 문도령을 대문 앞에 세워 두고는 아버지에게 말했지.

"아버지, 함께 공부하던 친구가 집으로 돌아가는 길인데 하룻밤 쉬어가게 해 주세요."

"나이가 열다섯이 넘었으면 사랑채로 보내고 열다섯이 아니 되었으면 네 방에서 함께 자라."

"열다섯이 아니 됩니다."

"그렇다면 네 방에서 함께 자도 좋다."

자청비와 문도령은 밤을 꼬박 새우며 마음속 이야기를 나누었어. 서로가 처음부터 마음에 들었다고 하였지. 둘은 서로의 사랑을 확인하고 굳게 다짐했어. 영원히 변치 말기로 말이야. 닭 우는 소리가 들리자 자청비가 아쉬워하며 말했어.

"이제 가면 언제 다시 만날 수 있을까요?"

문도령은 박씨를 하나 주고는 못내 아쉬운 듯, 수도 없이 뒤를 돌아보며 떠나갔어.

자청비는 자나 깨나 문도령 생각뿐이었어. 하루 종일 문밖만 내다보며 지냈어. 어느 날 바람이나 쐬려고 마당으로 나가보니 햇볕 좋은 마당 한구석에서 정수남이 부른 배를 하늘로 향하고는 낮잠을 자고 있었어. 정수남은 덩치도 크고 힘도 무척 세었지만 일을 하지 않으려는 게 문제였어. 이 핑계 저 핑계를 대며 일을 하지 않았어. 그러다가 먹을 것이 있으며 무턱대고 달려들어 다 먹어 치웠지. 자청비는 정수남이 보기 싫었어.

"에구, 이 지저분하고 게으른 놈아, 대낮부터 잠을 자고 있어? 다른 머슴들처럼 나무라도 좀 해 오지."

정수남은 자청비가 문도령을 만나지 못해 심통을 부린다고 생각했어.

"당장 나무하러 가지요. 말 아홉 마리와 소 아홉 마리를 마련해 주세요. 올겨울 내내 땔 나무를 잔뜩 해서 오겠어요."

"어서 떠나거라. 어서."

자청비는 꼴 보기 싫어서 정수남에게 말 아홉 마리와 소 아홉 마리를 주었어. 정수남은 말과 소를 끌고 굴미산 깊은 곳으로 들어갔어. 나무는 하지 않고 그늘에 누워 잠을 잤지. 해가 몇 번 뜨고 진 후에 일어나 보니 소와 말이 더위에 지치고 목이 말라 다 죽고 말았어. 정수남은 불을 지펴 소 아홉 마리와 말 아홉 마리를 구워서 몽땅 먹어 치웠어. 소가죽과 말가죽만 둘러메고 집으로 돌아왔지.

"아이고, 이 한심한 놈아! 소와 말은 어디로 가고 소가죽과 말가죽만 가지고 왔느냐? 나무는 또 어디에 있어?"

자청비가 야단을 치자 정수남은 심드렁하게 먼 산을 보며 거짓말을 시작했어.

"제가 산에 나무하러 갔는데 하늘나라 문도령이 선녀들과 놀이를 나왔지 뭡니까? 한참 구경을 하다가 정신을 차리고 보니 그 도둑놈들이 소와 말을 다 잡아서 먹어 치우고 도망을 친 겁니다요."

문도령 이름이 나오자 자청비는 나머지 이야기를 들을 수가 없었어. 머릿속에는 오로지 문도령 생각뿐이었으니까.

"뭐? 문도령? 어디에? 어디에?"

자청비는 야단을 칠 생각도 하지 않고 정수남에게 그 장소로 데려가 달라고 하였어. 다음 날 아침 정수남은 자청비를 말에 태우고 산속으로 갔어. 한참을 가다가 정수남은 자청비가 탄 말 안장에다가 소라껍데기를 몰래 끼웠어. 말이 제멋대로 날뛰었지.

"제가 한번 길들여 보지요."

정수남이 말고삐를 붙들더니 소라껍데기를 살짝 치웠어. 그리고는 말을 타고 쏜살같이 숲속으로 달려가 버렸어. 자청비가 돌아오라고 소리쳤지만 소용이 없었어. 자청비는 길도 모르는 숲속을 정신없이 쫓아갔어. 온몸이 땀투성이가 되고 옷차림도 거지처럼 변하고 말았어. 간신히 굴미굴산 깊은 곳에 도착해 보니 정수남은 말을 묶어 두고 나무 그늘에서 쉬고 있었어. 화가 잔뜩 났지만 문도령을 만날 생각에 참고 또 참았어. 한참 후 정수남은 낄낄거리며 말했어.

"애기씨, 여기가 바로 문도령이 놀던 곳입니다. 그 물속 좀 보세요. 문도령 그림자가 아롱아롱하지요.”

자청비가 물속을 보니 구름이 뭉게뭉게 떠다니고 있는 모습이 보였어.

“그 구름 속 하늘나라에서 선녀님들과 놀고 있지 않은가요?”

순간 자청비는 정수남에게 속았다는 것을 알았어. 하지만 해는 벌써 서쪽 하늘로 넘어가고 어둠이 찾아들고 있었어.

“애기씨, 문도령은 이제 잊어버리고 나랑 결혼합시다.”

자청비는 더욱 화가 나고 어이없었지만 마음을 가다듬었어. 깊은 산속에 단둘이 있으니 정수남이 어떤 짓을 할지 모르는 일이었거든. 그래서 달래기 시작하였어.

“그래, 좋다. 나랑 같이 빨리 집으로 가서 부모님께 허락을 받자꾸나.”

정수남은 고개를 살래살래 저었어.

“아니지요. 여기서 살면 얼마나 좋겠습니까요.”

속이 뒤집히는 것 같았지만 자청비는 살살 달래었어.

“그래, 그렇다면 여기에 움막이라도 하나 지으렴.”

정수남은 자청비 말을 듣자 마자 신이 나서 움막을 짓기 시작하였어. 돌이며 나무들을 날라다 쌓았어. 자청비는 움막 짓는 것을 거드는 척하며 방해를 했지. 정수남이 돌 두 개를 쌓으면 한 개를 빼내고, 작은 틈새가 있으면 더욱 크게 벌렸어. 정수남은 쌓고 자청비는 허물다 보니 움막은 좀처럼 완성이 되지 않았어. 어느새 닭이 울고 날이 밝아왔어. 정수남은 밤새 일을 하느라 치칠 대로 지치고 배가 고파 욕을 하기 시작했어. 배가 고프면 화가 나게 되어 있지. 자청비는 살살 달랬어.

"정수남아, 밤새 고생했다. 이리로 와서 내 무릎에 누우렴."

단순한 정수남은 그 말에 기분이 절로 풀렸어. 어렸을 때부터 혼자 자청비를 좋아했으니까. 정수남은 자청비 무릎으로 실실실 기어가서 눕더니 금세 잠이 들고 말았어. 코까지 드르렁드르렁 골며 깊은 잠에 빠져버렸어.

"이 괘씸한 놈. 살려둘 수가 없어."

자청비는 정수남을 살려두면 또 무슨 짓을 할지 몰라 가까이에 있는 청미래덩굴을 잡아당겼어. 그리고 정수남의 왼쪽 귀에 찔러 오른쪽 귀로 빼냈어. 코를 골며 자던 정수남은 버둥대다 숨이 멎고 말았어.

자청비는 겨우 집으로 돌아왔어. 울면서 부모님께 모든 일을 말했어. 하지만 부모님은 일 잘하는 아까운 하인을 죽였다며 자청비를 내쫓아버렸어.

자청비는 집에서 쫓겨나 남자 차림을 하고 이곳저곳을 떠돌아다녔어. 집 밖은 너무 험난한 세상이었어. 며칠을 굶으며 걷다 보니 다시 집으로 돌아가고 싶었어. 하지만 정수남을 살려내어야 부모님이 용서해 줄 것 같았어. 언젠가 서천꽃밭에 신비한 환생꽃이 있다는 말이 기억났어. 환생꽃을 꺾어와서 정수남을 살리고 집으로 가야겠다고 생각했지.

서천꽃밭으로 가는 길은 너무나 험하고 멀었어. 구불구불 굽이진 길을 걷고 또 걸었어. 묻고 또 물어 서천꽃밭에 당도했어. 꽃감관에게 가는 길에 아이들이 화살에 맞아 죽은 부엉이 한 마리를 가지고 싸우고 있었어.

"얘들아, 그 부엉이를 나에게 주면 이 돈을 다 주마."

아이들은 좋아라 하며 부엉이를 자청비에게 주었어. 자청비는 그 부엉이에 활 자국을 만든 후 꽃감관 집 마당으로 던졌어. 그리고는 문을 두드렸어.

"조금 전에 내가 화살로 부엉이를 쏘았는데 이 집 마당으로 떨어졌소."

꽃감관은 부엉이 때문에 화살을 잘 쏘는 사람을 찾고 있던 터라 하인들에게 얼른 찾아보라고 하였어. 과연 마당 한구석에 부엉이가 떨어져 있었어. 꽃감관은 자청비에게 말했어.

"우리 집에 이상한 부엉이 한 마리가 매일 밤 나타나 사람이 죽어가고 있소. 당신이 그 부엉이를 쏘아 죽인다면 우리 집 셋째 사위로 삼겠소."

"염려 마십시오. 잡아드리겠습니다."

대답은 하였지만 걱정이 된 자청비는 그날 밤 어떻게 부엉이를 잡을까 고민하면서 하늘을 향해 누워있었어.

"이럴 때 정수남이 있었으면 부엉이 한 마리쯤은 금방 잡을 건데."

　혼잣말을 하자마자 부엉이 한 마리가 날아오더니 자청비 배 위에 앉았어. 부엉이로 환생한 정수남이었어. 자청비를 좋아했던 정수남이 부엉이 모습으로 있다가 자청비가 오는 걸 보고 날아온 거였지. 자청비 배 위에 앉았으니 흡족하다는 표정이었어. 자청 비는 가만히 지켜보다가 살살 손을 뻗어 부엉이를 확 낚아챘어. 부엉이는 가만히 있었어. 자청비는 부엉이 가슴에 화살을 꽂았 어. 부엉이는 부엉 한마디 하더니 스르륵 힘없이 죽었어. 매일 밤 나타났던 부엉이였던 거야. 자청비를 기다린 부엉이 말이야.

　다음 날 꽃감관 집에서는 잔치가 벌어졌어. 부엉이 소리가 들 리지 않게 되었고 하인들도 더 이상 죽지 않았어. 자청비는 꽃감 관의 셋째 사위가 되었어. 자청비는 여자인 것을 들킬까 봐 과거 를 보러 가야 한다며 매일 밤 글공부를 하겠다고 거짓말을 하였 어. 과거에 급제하는 것이 제일 중요하다고 말했어. 밤새 공부를 한다는 핑계를 대고 혼자 있었지.

　하루는 꽃감관에게 서천꽃밭 구경을 하게 해 달라고 하였어. 꽃밭에는 신기한 꽃들이 아름답게 피어 있었어.

　"이건 무슨 꽃입니까?"

　"웃음꽃이오."

　"이건 무슨 꽃입니까?"

　"피를 다시 돌게 하는 꽃이오."

"이건 무슨 꽃입니까?"

"뼈를 다시 생기게 하는 꽃이오."

"이건 무슨 꽃입니까?"

"다시 태어나는 환생꽃이오."

대답을 들으며 자청비는 꽃들을 하나씩 기억했어. 질문하는 척하며 한 송이씩 꺾어 품속에 집어넣었어. 다음 날 과거를 보러 가겠다고 자청비가 집을 나서려고 하자 셋째 딸이 근심 어린 눈으로 바라보았어. 자청비는 삼동나무로 만든 머리빗을 반으로 꺾어 주고 금실 한 가닥을 주고 떠났어.

자청비는 우선 정수남이 죽은 산속을 찾아갔어. 정수남을 묻은 곳을 찾아 피를 돌게 하는 꽃, 뼈를 생기게 하는 꽃, 다시 살아나는 환생꽃을 가지고 슬슬 문질렀어.

"아함, 잘- 잤다."

정수남이 잠을 자다 깨어난 듯 눈을 비비며 일어났어.

"아이고, 아기씨. 빨리 집으로 가셔야지요?"

예전의 모습은 어디 가고 착한 사람이 된 정수남이 집으로 갈 길을 재촉하였어. 자청비는 부모님을 찾아가 정수남을 살려내었으니 용서를 해 달라고 하였어. 그러나 부모님은 사람을 죽였다 살렸다 하는 요상한 딸이라며 자청비를 다시 쫓아내고 말았어.

어디로 갈까, 어디로 갈까. 자청비는 다시 이곳저곳을 떠돌아다녔어. 걷다 보니 날이 저물고 말았어. 지치고 배고픈 자청비

앞에 불빛 하나가 나타났어. 달려가서 문을 열고 들어가 보니 마고할망이 혼자 비단 틀에서 옷감을 짜고 있었어. 자청비는 마고할망이 옷감 짜는 것을 바라보다가 집에서 옷감을 짜던 생각이 났어.

"할머니, 제가 한번 짜 봐도 될까요?"

자청비가 비단을 짜는 모습을 본 마고할망은 입을 다물지 못했어. 너무나 곱고 가지런하게 비단을 짰기 때문이지.

"아니, 어디 사는 아가씨길래 이리도 솜씨가 좋은고?"

자청비가 이런저런 이야기를 다 했어. 마고할망은 자청비 손을 잡고 말했어.

"잘 되었다. 안 그래도 혼자 사느라 외로웠는데, 내 수양딸이 되어서 나랑 함께 살자꾸나."

그날부터 자청비는 마고할망과 함께 살게 되었어. 어느 날 마고할망은 유난히 정성을 들여 옷감을 짜고 있었어.

"할머니, 이 옷감은 무엇에 쓸 옷감이기에 그렇게 정성을 들이세요?"

"하늘나라 문도령이 서수왕 따님에게 장가갈 때 쓸 옷감이란다."

자청비는 눈물이 왈칵 쏟아졌어. 자신이 이렇게 쫓겨나게 된 것이 모두 문도령 때문인데, 문도령이 장가를 간다니 억울하고 섭섭하였어. 자청비는 자기도 모르게 비단 틀에 앉아 와랑치랑 비단을 짜기 시작하였어. 눈물이 투둑투둑 떨어졌어. 비단 위에 눈물이 떨어지니 금바둑, 은바둑 무늬가 생겼어.

마고할망이 옷감을 가지고 하늘나라로 가자 칭찬이 자자했어.

"이번 옷감은 특히 훌륭한걸."

옷감을 살피던 문도령은 비단 끝에 있는 이상한 글씨를 발견하곤 벌떡 일어났어. 비단 끝에는 이런 글씨가 쓰여 있었어.

'불쌍하다 자청비 가련하다 자청비'

"이 옷감 자네가 짠 것이 맞는가?"

"얼마 전에 수양딸이 생겼는데 그 아이가 짠 거랍니다."

문도령은 자청비가 틀림없다고 생각하였어. 갑자기 자청비가 그리워졌어. 마고할망에게 자청비와의 이야기를 다 하였어.

"한번은 만나야겠소. 내일 밤 찾아갈 거니 그리 전해 주시오."

이야기를 전해 들은 자청비는 가슴이 두근거렸어. 다음 날 자청비는 하루 종일 서성거리며 문도령을 기다렸지. 그러나 이슥한 밤이 되어도 문도령은 나타나지 않았어. 기다리다 지친 자청비는 방에 들어가 바느질을 하며 마음을 달랬어. 한참을 기다리자 문도령이 내려왔어. 자청비는 창문 밖에서 왔다갔다하는 그림자를 보며 말했어.

"사람이요 귀신이요?"

"나는 하늘나라 문도령이다."

"믿을 수가 없으니 손가락을 보여주시오."

문도령이 창구멍으로 손가락을 내밀자 자청비는 갑자기 그동안의 섭섭한 마음이 밀려와 문도령이 미워지는 거야. 자청비는 바늘 하나를 꺼내어 문도령의 손가락을 콕 찔러버렸어. 순간 후회하였지만 이미 벌어진 일인 걸 어떡해. 문도령은 화가 나서 하늘나라로 돌아가 버렸어. 마고할망이 맛있는 음식을 차려 방으로 와 보니 자청비 혼자 울고 있었어.

"아니, 문도령은 어디 가고?"

"갑자기 미워서 바늘로 딱 한 번 찔렀는데 하늘로 가버렸어요."

"어찌 깊이 생각하지 않고 이리 행동하였느냐? 그러니 집에서도 쫓겨났지. 썩 나가거라."

화가 난 마고할망은 자청비를 내쫓아버렸어. 문도령은 자청비에게 바늘로 찔린 후 시름시름 앓기 시작했어. 손가락에서 피가 계속 나더니 얼굴에 핏기가 없어지고 시들시들해졌지. 문도령은 오로지 자청비 생각뿐이었어. 자청비가 먹는 물이라도 먹으면 살 것 같았어. 문도령의 말을 들은 하늘나라 옥황은 선녀들에게 명했어.

"당장 인간 세상에 내려가 자청비가 먹는 물을 떠 오너라."

마고할망 집에서 쫓겨난 자청비는 한참을 걷다가 숲속 우물가에 다다랐어. 아름다운 선녀들이 울고 있는 것을 보았지.

"어째서 선녀님들이 울고 계신가요?"

"하늘나라 문도령께서 자청비가 먹는 물을 먹어야 살 것인데 그 물을 찾을 수가 없어 웁니다."

자청비는 평소 자신이 떠다 먹는 우물가로 선녀들을 데리고 갔어. 두레박으로 물을 뜬 선녀들은 아무 말도 없이 하늘로 날아가 버렸어. 자청비는 멍하니 서 있다가 문득 문도령이 준 박씨가 생각났어. 물가에 박씨를 심었지. 박씨는 순식간에 싹이 트고 가지가 자라더니 하늘나라까지 쭉 뻗어가는 거야. 자청비는 그 줄기를 타고 하늘나라로 올라갔어. 문도령이 누워 있는 창문 옆 버드나무 위에 올라갔어. 잠시 후에 창문이 열리더니 문도령의 목소리가 들려왔어.

"저 달이 곱기는 하다만 인간 세상 자청비 얼굴만큼은 못하구나."

그 말을 들은 자청비는 대답을 하였어.

"저 달이 밝기는 하다만 하늘나라 문도령 마음만큼은 못하구나."

두리번거리던 문도령은 창문 밖으로 달려 나왔어. 이리저리 살펴보았지. 동서남북 살펴보았지. 하지만 어디에도 자청비는 없었어. 고개를 떨구었던 문도령은 외로운 마음을 달래려고 달을 보았어. 순간 버드나무 위에 앉아 있는 자청비를 보았어. 자청비는 문도령에게 달려와 안겼어. 둘은 서로 손을 잡고 기뻐 어쩔 줄을 몰라 했어. 문도령은 자청비를 자기 방 병풍 뒤에 숨겼어.

자청비는 문도령에게 귓속말을 속삭였어. 빙그레 웃으며 고개를 끄덕인 문도령은 부모님 방을 찾아갔어.

"아버님 어머님, 장은 새 장이 좋습니까, 묵은 장이 좋습니까?"

"장은 묵은 장이 더 달지."

"옷은 새 옷이 편안합니까, 입었던 익숙한 옷이 편안합니까?"

"새 옷이 곱긴 하지만 편안한 건 입던 옷이지."

"그럼 친구는 새 친구가 좋습니까, 묵은 친구가 좋습니까?"

"사람은 오래 사귈수록 좋지."

"그러면 서수왕 따님에게 새 장가 들지 않으렵니다."

문도령은 자청비를 만난 이야기를 했어. 문도령의 부모님은 펄쩍 뛰었지만 문도령의 고집을 꺾을 수는 없었어. 하지만 서수왕 따님과 혼인을 하기로 한 터라 공평하게 기회를 주겠다고 하였어.

"인간 세상에서 하늘나라로 시집오려면 반드시 거쳐야 할 일이 있다. 칼선다리를 선 채로 건널 수 있어야 한다. 무사히 건너 인사를 하는 사람이 내 며느리가 될 자격이 있다."

하늘나라 옥황은 하인들을 불러 쉰 자 너비로 구덩이를 파게 하였어. 그 속에 숯 팔천 가마니를 담고 그 위에 다리를 놓았어. 다리 위에 다시 칼날을 촘촘하게 세우고 구덩이에 불을 붙였어. 구덩이에 들어 있는 숯덩이들이 벌겋게 달아오르자 칼날들이 부르르 떨며 달아올랐어.

"저 칼날을 밟고 이 다리를 건너야 한다."

구경꾼들은 모두 고개를 살래살래 흔들었어. 자청비는 입술을 지그시 깨물었어. 맨발로 칼날 선 다리 위에 올라섰어. 정신이 아뜩했지만 오로지 문도령을 생각하며 아픔을 참았어. 피가 흘러내렸지만 오히려 마음은 오직 하나 문도령만 생각하니 자유로워졌어. 걱정도 사라지고 홀가분해졌어. 그 순간 하늘도 그 마음에 감탄을 하여 천둥 번개가 치더니 큰 비를 내렸어. 숯덩이의 불길도 사라졌어. 자청비는 칼선다리를 건너 문도령 부모에게 절을 올렸어.

그러나 서수왕의 막내딸은 겁에 질려 와들와들 떨었어.

"죽으면 죽었지 불이 활활 타오르는 칼선다리 위에 서진 않겠어요."

서수왕 막내딸은 그날부터 방문을 걸어 잠그고 물 한 모금, 쌀 한 톨 먹지 않더니 죽고 말았어. 그 죽은 몸에서 새 한 마리가 날아올랐어.

문도령과 결혼한 자청비는 행복한 나날을 보냈어. 자청비는 문도령을 따라 하늘나라 이곳저곳을 둘러보았어. 자청비는 특히 하늘나라 비와 바람 그리고 햇빛 장군들이 가장 정성을 들이는 농사짓는 일에 관심이 많았어. 알차고 수확이 잘 되는 곡식들을 눈여겨보곤 했어.

평화로운 나날이 계속되는가 했더니 어느 날 하늘나라에 큰 난리가 일어났어. 문도령에게도 전장에 나가 난리를 평정하라는 명이 내렸어.

"제가 다녀오겠습니다."

여자 옷을 벗어던지고 장군 갑옷을 입고 나타난 자청비가 자청하였어. 문도령 대신 장군이 되어 부하들을 데리고 높은 언덕에 오른 자청비는 서천꽃밭에서 가져온 수레멸망악심꽃을 꺼내어 언덕 아래로 확 뿌렸어. 개미떼처럼 올라오던 적의 병사들은 같은 편끼리 서로 죽이려고 싸우기 시작했어. 한 명도 남지 않고 다 죽었어.

천지왕은 자청비를 불러 입에 침이 마르게 칭찬을 하였어. 그리고 높은 벼슬자리를 주겠다고 하였어. 그러나 자청비는 사양하며 말했어.

"그것은 저에게 너무 과분합니다. 꼭 상을 내리시려거든 오곡 씨앗을 주십시오. 땅 나라로 내려가 농사를 지어 인간들을 배불리 먹게 하고 싶습니다."

"오호, 기특한지고. 너의 큰 사랑이 해마다 곡식들을 여물게 할 것이다."

자청비는 문도령과 함께 곡식 종자를 가지고 인간 세상으로 내려왔어. 그날이 7월 15일이야. 농사짓는 사람들과 가축을 돌보는 사람들에게 하늘이 씨앗 선물을 준 날이지. 하늘나라에서 내려오던 자청비는 빠뜨린 게 있어서 다시 하늘로 올라갔어.

"천지왕님, 땅이 없는 가난한 사람들이 아무 들녘에나 뿌리면 열매를 거둘 수 있는 씨앗이 필요합니다. 태풍에 농사를 망쳤을 때도 얼른 뿌려 짧은 기간에 열매를 거두는 곡식 하나를 더 주십시오."

"역시 자청비로다. 지혜롭다. 메밀을 줄 테니 척박한 땅에 심어라. 이것은 너에게 주는 선물이다."

나중에 가지고 온 씨앗이 바로 메밀씨야. 그래서 메밀은 다른 곡식보다 늦게 심고 늦게 거두게 되었어.

착한 사람으로 다시 태어난 정수남이 죽자 천지왕은 그의 영혼도 인간 세상에 남아 자청비를 돕도록 하였어. 정수남에게는 특별히 가축 돌보는 일을 맡겼어.

하늘의 아들 문도령은 상세경이 되어 비, 바람을 관장하고, 자청비는 중세경이 되어 농사짓는 일을 관장하고, 정수남은 하세경이 되어 가축 돌보는 일을 관장하게 된 거지. 자청비와 문도령 그리고 정수남은 지금까지도 농사짓는 것을 보살피며 가을철 풍년이 들길 기원하고 있대.

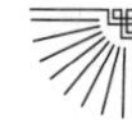

# 삼천 년을 산
# 사만이

## 뎅감본풀이

옛날 옛적 주년국에 사만이라는 사람이 살았어. 사만이는 부모님을 일찍 여의고 여기저기 돌아다니며 구걸하며 살았어. 거지로 살면서도 성실하고 착하게 살았지. 불쌍한 노인을 보면 달려가서 도와주고 우는 사람이 보이면 옆에서 같이 울어주었어. 동네 사람들은 다 사만이를 좋아했지. 아이들도 좋아했고 어른들도 좋아했어. 먹을 것이 생기면 사람들은 "어이, 사만이." 하고 불렀지. 사만이는 웃으며 달려가서 얻어먹곤 했어. 아이들도 먹을 것이 있으면 "사만이 아저씨." 하고 달려가곤 했어.

어느 날 사만이는 동냥을 나갔다가 돌아오는 길에 어떤 여자 거지를 만났어. 둘 다 부모 형제 없이 얻어먹는 신세였지만 눈은

초롱초롱 빛났고 마음은 따뜻했어. 오누이처럼 함께 돌아다니던 사만이와 여자아이는 어느덧 열다섯 살이 되었어.

"우리 둘 다 외로운 신세이니 같이 사는 게 어때?"

사만이는 너무 좋아 만세를 불렀어.

"좋아요, 좋아. 나한테도 가족이 생겼어. 만세!"

결혼식은 찬물 한 그릇 떠 놓고 맞절을 한 것이 전부였어. 하지만 둘은 너무 행복했어. 언덕 위에 움막도 지었어. 사람들은 착한 사만이 부부를 위하여 그릇도 가져다 주고, 헌 옷도 가져다 주었어. 아내도 사만이처럼 부지런하고 착한 여자였어. 낮에는 남의 집에 가서 일을 하고, 밤에는 삯바느질을 하며 돈을 모았어. 넉넉하진 않았지만 부족하지도 않았어. 구걸을 하지 않아도 되어 얼마나 기뻐했는지 몰라.

그러나 세월이 흘러 아기가 태어나자 살림살이가 쪼들리기 시작했어. 착한 사만이는 얻어먹기만 하고 일을 더 하려 하지 않았어. 배부르면 잠을 자고 배고프면 얻어먹으러 가는 게 일이었어. 어느 날 아내가 사만이에게 말했어.

"아이들이 커 가고 있으니 돈을 벌어야겠어요. 제가 천년장자 집에 가서 돈 백 냥을 빌려올 테니 그것을 밑천으로 해서 뭐라도 해 보아요."

"그럽시다."

사만이는 아내가 빌려온 돈 백 냥을 가지고 장터로 갔어. 동지

섣달 찬바람에 눈까지 휘몰아치는 추운 날이었어. 눈발이 날리는 거리에서 거지 차림의 두 아이가 배가 고파 울고 있었어. 사만이는 어릴 적 생각이 나서 자기도 모르게 주룩 눈물을 흘렸어. 사만이는 얼른 눈물을 닦고는 두 아이를 데리고 주막으로 들어갔어. 아내가 준 돈, 천년장자에게 빌려온 장사 밑천으로 두 아이에게 따뜻한 밥을 사 먹이고 두툼한 솜옷을 사 입히고 신발도 사 주었어.

아이들과 헤어져 다시 장터로 터벅터벅 걸어가는 사만이 앞에 앞 못 보는 장님 둘이서 지팡이 하나를 짚고 비틀거리며 걸어가고 있었어. 배고프고 추워서 눈물 콧물을 흘리며 걷는 두 부부의 옷은 여름옷이었어. 아내 생각이 나서 그냥 지나치려고 하였지만 눈물이 앞을 가렸어. 사만이는 두 노인을 부축해서 주막으로 다시 들어가 밥을 사 먹이고 술을 사 먹였어. 겨울 솜옷를 사 드리고 털신을 사서 신겨 보내니 돈 백 냥이 다 사라져 버렸어.

빈손으로 집으로 돌아와 이야기를 하자 사만이 아내는 기가 막혔어. 하지만 불쌍한 사람들을 도와주었다는 말에 더 이상 화를 내지 않았어. 그때 자식들이 와서 춥고 배고프다고 말하였어. 사만이 부인은 그동안 길렀던 머리카락을 싹둑 잘라서 사만이에게 주며 말했어.

"이 머리카락을 장에 내다 팔면 석 냥은 받을 수 있을 거니, 쌀과 아이들 입힐 솜옷을 사 오세요."

"알았소."

사만이는 장터에서 아내의 머리카락을 돈 석 냥을 받고 팔았어. 쌀과 솜옷을 사러 가고 있는데, 길목이 사람들이 모여 웅성거리고 있는 거야. 사냥할 때 쓰는 활과 화살이었어. 그러나 사만이는 본 적이 없는 물건이라 고개만 갸우뚱하고 지나가려 하였어. 그때였어.

"이거 하나만 가지고 있으면 먹고살 수 있어요!"

도대체 무엇이길래 그걸 가지고만 있으면 먹고살 수 있는지 궁금했어.

"그게 뭡니까?"

장사꾼은 활과 화살도 모르는 사만이에게 웃으며 말했어.

"이것 말이오? 이것만 가지고 산으로 쏘다니다 보면 노루도 생기고, 멧돼지도 생긴다오. 평생 먹을 걱정이 없지"

사만이는 생전 처음 욕심이 생겼어. 평생 먹고살 수 있다고 하니까 말이야. 기쁜 마음으로 석 냥을 주고 활과 화살을 샀어. 어깨에 둘러메고 기분 좋게 집으로 갔어.

밥을 지어 먹으려면 쌀이 있어야 하는데 한참을 기다려도 사만이가 오지 않자 사만이 아내는 마당에서 이리 갔다 저리 갔다 하고 있었어. 마당으로 들어오는 사만이를 보았지. 손에는 쌀도 솜옷도 보이지 않았어. 어깨에 활과 화살을 둘러메고 오는 사만이에게 화를 내며 말했어.

“쌀은요? 아이들 솜옷은요? 도대체 무얼 사 온 거예요?”

“쌀보다 솜옷보다 더 좋은 걸 사왔소. 이것만 가지면 먹고살 방법이 생긴다오.”

아내는 기가 막혀 말이 안 나왔어. 한숨만 나왔어. 이튿날부터 사만이는 활과 화살을 둘러메고 산으로 쏘다니기 시작했어. 하루도 빠짐없이 말이야. 그런데 아무리 돌아다녀도 생긴다던 노루나 멧돼지는 생기지 않았어. 열흘이 지나고 한 달이 지났어. 석 달이 지나도록 노루 한 마리 잡지 못했어. 아내 얼굴을 생각하니 미안해서 한숨만 푹푹 쉬었어. 그때 뭔가가 발에 채였어. 돌멩이인 줄 알고 그냥 지나치려 하면 툭 채이고 또 채이는 거야. 돌멩이를 치우려고 집었지.

“으악! 해, 해, 해골이야.”

하얀 해골이었어. 무섭기도 하고 해서 그냥 가려는데 또 발에 채이는 거야. 이번엔 그냥 지나칠 수 없었지.

“이상하네. 뭐지? 두 번씩이나 채이다니 보통 일이 아닌 것 같아.”

사만이는 조상일지도 모른다는 생각이 들었어. 그래서 해골을 들고 와서 고방에 모셨어. 매일매일 보다 보니 말을 걸게 되었어.

“해골님, 말 좀 들어보세요.”

“해골님, 해골님.”

집안 어른을 모시는 것처럼 음식도 먼저 챙기고, 일어나면 안

부도 물었어. 사만이 스스로 묻고 스스로 대답을 한 거지.

그때부터 이상한 일이 벌어지기 시작했어. 노루며 사슴이며 호랑이며 계속 잡히는 거야. 사만이는 삽시간에 부자가 되었어. 하루는 잠을 자는데 꿈에 백발노인이 나타났어.

"사만아! 나를 알아보겠느냐?"

"잘 모르겠습니다."

"나는 너희 집 고방에 든 해골이다. 너의 조상신이야."

"아이고, 조상님."

"지금 잘 때가 아니다. 너의 수명이 삼십인데 이제 곧 저승사자가 널 잡으러 올 것이다."

"아이고, 그게 무슨 날벼락 같은 말입니까? 조상님아, 살려주십시오."

사만이는 엎드려 빌었어.

"얼른 일어나 목욕재계하여 정성을 들여라. 저승차사들은 이승 사람에게 후한 대접을 받으면 반드시 그를 잡아가지 못하는 법이니."

"어찌 대접을 하면 됩니까?"

"차사들이 오는 삼거리에 병풍을 두르고 비자나무 겹상에 음식을 차려놓고 향을 피워라. 네 이름 석 자를 써서 제상 아래에 두어라. 백 보 밖에 엎드려 조용히 기다리되 대답을 하지 말거라."

백발노인은 사만이 아내에게도 명을 내렸어.

"부인은 날이 새거든 심방을 청하여 정성껏 제물을 차리고 굿을 하라. 관복 세 벌, 신발 세 켤레, 관대 세 개를 준비하고 놋동이에 쌀을 가득 담아 올려라."

사만이가 깨어나서 아내에게 말했어. 신기하게도 아내도 똑같은 꿈을 동시에 꾼 거야. 예사롭지 않다고 생각한 사만이와 아내는 꿈에서 말한 대로 마을 입구 넓은 자리에 열두 폭 병풍을 둘러치고 음식상을 세 개 차려놓고 '사만이'라는 이름을 써놨어. 그리고 그 옆에는 새 옷 세 벌과 새 신 세 켤레를 놓아두었어. 집에도 음식을 푸짐하게 차려 놓았어. 사만이와 아내는 나무 뒤에 숨어서 저승차사를 기다렸어.

깜깜한 밤이 되고 모두 잠이 들자 검은 옷을 입은 저승차사가 나타났어. 사만이를 잡으러 오는 저승사자는 세 명이었어.

"급히 오느라 밥도 못 먹고 왔더니 배가 고프군. 어디 먹을 게 없나?"

"급히 오느라 홑두루마기를 입고 왔더니 쌀쌀한걸. 옷을 하나 더 입었으면 좋겠군."

"먼 길 오느라 신발이 다 해져버렸어. 발도 다 부르텄고. 새 신 하나 장만하면 좋겠군."

그때 먹음직스럽게 차려진 상이 세 개 있는 걸 보았어. 정신없이 달려들어 먹었지. 배가 불러 일어서려는데 상 옆에 새 옷이 있는 거야. 쌀쌀한 바람이 더 추워졌어. 삼 차사가 새 옷을 입고 보니 그 옆에 또 새 신이 세 켤레 있는 거야. 새 신까지 신고 기분 좋게 걸어가려는데 그제서야 걱정이 되어 머리를 맞대었어.

“우리가 먹은 음식이 오늘 잡아갈 사만이 것은 아니겠지?”

“그럴 리가? 만약에 사만이가 차린 음식이라면 큰일인걸.”

“사만이 이름을 불러보세. 만약에 사만이가 차린 거라면 이 근처에 있을 것이고 응당 대답을 할 게 아닌가?”

“사만아!” 한 번 불렀어. 아무 대답이 없었어.

“사만아!” 두 번째 불렀어. 아무 대답이 없었어.

“사만아!” 마지막으로 한 번 더 불렀어. 아무 대답이 없었어. 삼 차사는 안심하고 미소를 지었어. 그리고 일어서려는데 음식상 아래에 ‘사만이’라고 쓰여 있는 거야.

“가만? 사만이? 사만이라고?”

“아이고, 우리가 오늘 잡으러 온 그 사만이?”

“이거 큰일이군. 맛있는 음식에, 새 옷에, 새 신까지 받았으니. 이제 어쩌지?”

삼 차사는 사만이 집으로 가보았어. 집에도 음식이 푸짐하게 차려져 있었어. 사만이 아내는 울면서 빌고 또 빌었어.

“저승차사님, 우리 낭군님은 삼대독자인데 남에게 베푼 죄밖에 없습니다. 부모 없는 아이를 보면 밥 사주고, 신발 사주고, 의지할 곳 없는 어르신들 밥 사주고 옷 사주고 한 죄밖에 없습니다.”

"이거 원, 사만이는 인정 많은 죄밖에 없다네."

"그러게. 착한 사만이를 도저히 잡아가지 못하겠네그려."

"음식까지 푸짐하게 얻어먹었고 저리 우는데 어찌해야 하나?"

"불쌍한 사람을 도와주는 착한 사람이군."

"맞아, 저리 착한 부인에게 눈물을 더 흘리게 하는 건 못할 짓이야."

삼 차사는 황급히 사만이의 집을 떠났어. 저승으로 돌아온 그들은 장부를 펴 보았어. 사만이 명 '삼십(三十)'이라고 쓰여 있었어.

"옳거니. 열 십(十)자에 획 하나 그으면 천(千)자가 되겠네."

삼 차사는 먹을 갈아 열 십(十)자에다 획 하나를 더 그었어. 그랬더니 삼십(三十)이 '삼천(三千)'이 된 거야. 바로 그때 염라대왕의 호통 소리가 들렸어. 저승차사들은 쏜살같이 달려갔어.

"사만이를 잡으러 보냈는데 왜 안 잡아왔는가?"

"예, 사만이는 아직 수명이 남아있어 못 잡아왔습니다."

"그럴 리가 있나. 장부를 이리 가져오너라."

염라대왕도 장부를 보고는 고개를 끄덕였어.

"흠, 장부를 잘못 보았군. 삼천 년을 삼십 년으로 본 게야."

염라대왕은 사만이를 데려오라고 한 명령을 거두었어. 삼차사는 서로 눈짓을 주고받으며 안도의 숨을 쉬었어.

조상신 덕분에 삼십 년을 살 사만이가 삼천 년을 살게 된 거야.

사만이 아내는 이 모든 것이 사만이가 어려운 사람들을 그냥 지
나치지 않고 도와주어서 하늘에서 복을 내린 거라고 생각했지.
그 후론 사만이가 불쌍한 사람들을 도와주면 아무 말도 하지 않
고 함께 도왔대.

# 부엌을 지키는 조왕할망과
# 문을 지키는 녹디생이

## 문전본풀이

옛날 옛적에 남선고을의 남선비가 여산부인과 결혼을 하였어. 남선비는 마음씨가 착하여 동네에서 칭찬이 자자했어. 여산부인도 착하고 마음이 넓은 사람이었어. 가난하였지만 지혜롭고 인정이 많은 사람이었지. 자신보다 더 어려운 이웃에게 먼저 달려가 도와주는 사람이었어. 둘 다 인정 넘치는 사람이라 마을 사람들이 다 좋아했어. 부부는 사이도 좋아 남선비의 집에서는 웃음소리가 끊이지 않았어. 마을 사람들이 모두 부러워했지.

남선비는 가족이 없이 자라 자식 욕심이 많아서 일곱이나 낳았어. 모두 아들이었지. 아들이 일곱이나 되다 보니 금방 쌀독에 쌀이 떨어지는 거야. 여산부인은 그래도 밥 잘 먹는 아들들이 기특하고 기분이 좋았어. 그러나 아이들이 점점 커가자 쌀을 살 돈이 턱없이 부족했어. 아들들에게만 밥을 주고 여산부인은 굶는 날이 많아졌어. 집안 물건을 하나씩 팔아도 당해낼 수가 없게 되었어.

어느 날 여산부인은 남선비에게 그동안 모아놓은 돈 쉰 냥을 꺼냈어. 자식들이 결혼할 때 옷이라도 해 주려고 평생을 모은 돈이었어.

"아니, 이게 웬 돈이오?"

"우리 집 전 재산입니다. 아들들 장가보낼 때 옷이라도 만들려고 했는데 도저히 안 되겠습니다. 이 돈을 밑천으로 하여 쌀장사를 해볼까 해서요."

"알았소. 내가 가서 이 돈으로 쌀을 사서 팔아오겠소."

돈이라고는 한 번도 벌어본 적이 없는 남선비는 배에 가득 쌀가마니를 싣고 떠났어. 남선비의 배는 물결 흐르는 대로 흘러가 오동나라 오동마을에 도착했어. 오동나라 오동마을에 배를 대고 들어가니 마을 사람들은 대단한 부자가 온 줄 알고 부러운 눈으로 바라보았어. 그중에는 노일제대귀일의 딸도 있었어. 노일제대귀일의 딸은 술을 팔면서 남자들을 꼬여 재산을 거덜 나게 만드는 나쁜 여자였어. 돈이 있는 남자에게 아양을 떨다가 돈이 떨어지면 본 척도 안 하는 사람이었어. 돈을 주겠다고 하면 뭐라도 하는 사람이었지. 오동마을 사람들은 노일제대귀일의 딸을 다

싫어했어. 하지만 남선비는 알 턱이 없었지.

남선비가 싣고 온 쌀은 금세 다 팔렸어. 쌀을 판 돈을 갖고 있다는 것을 알게 된 노일제대귀일의 딸은 곱게 단장을 하고 화려한 옷을 입고 달려왔어. 잠깐 쉬고 가라고 하면서 남선비를 살살 녹이기 시작했어. 어리석은 남선비는 노일제대귀일의 딸의 꼬임에 넘어가 술을 마시다 보니 쌀을 판 돈을 다 빼앗기고 말았어. 돈이 없어지자 노일제대귀일의 딸은 남선비를 움막으로 쫓아버렸어. 한 푼도 남김없이 돈을 다 빼앗은 노일제대귀일의 딸은 귀찮아하면서 겨우 목숨을 유지할 수 있게 보리죽만 주었어. 남선비는 영양실조로 뼈만 남고 눈까지 멀고 말았어.

한편 남선비가 떠난 지 3년이 되어도 소식이 없자 여산부인은 걱정이 이만저만이 아니었어.

"얘들아, 아무래도 내가 아버지를 찾으러 가 봐야겠다!"

"저희도 같이 가겠어요."

아들들이 같이 가겠다고 하였지만 여산부인은 말렸어. 여산부인도 물결 이는 대로 흘러가 금방 오동마을에 닿았어. 어디 가서 남선비를 찾아야 할지 앞이 캄캄했어. 잠시 쉬면서 궁리를 하고 있는데 아이들이 놀이를 하면서 이상한 노래를 부르는 거야. 노랫소리가 점점 크게 들려왔어.

"남선비는 남선비는 바보라네.

노일제대귀일의 딸의 꼬임에 넘어가 빈털터리가 되었네.

움막집에 쓰러져 먼 산만 보는 남선비.

눈이 멀어 걸을 수도 없는 남선비”

여산부인은 깜짝 놀랐어. 남선비라면 바로 여산부인이 찾는 남편이었기 때문이지.

“얘들아, 그 남선비가 어디 있는지 아니?”

아이들은 남선비가 있는 움막까지 데려다주었어. 거지 같은 몰골에 누더기옷을 걸친 남선비의 모습에 여산부인은 하염없이 눈물이 났어. 여산부인은 울면서 음식을 준비했어. 쌀밥에 옥돔국, 톳무침에 자리조림을 내놓자 남선비는 깜짝 놀랐지.

“아니, 이건 내가 예전에 받아먹던 여산부인의 밥상 같다마는.”

“전에 밥해주던 사람을 알아보시겠어요?”

그 소리를 듣자 남선비가 눈물을 흘리며 말하는 거야.

“아이고, 당신이었구려. 아이고, 아이고.”

“어서 집으로 가요. 아들들이 기다리고 있어요.”

남선비는 부인이 무척 반가우면서도 미안해서 어쩔 줄 몰라 안절부절못했어. 그 모습을 보는 여산부인은 딱해서 눈물을 흘렸어. 남선비는 죄책감에 하염없이 눈물을 흘렸어. 노일제대귀일의 딸은 그 모습을 몰래 보고 있다가 반가운 척하며 나타났어.

“아이고, 형님! 여기까지 오시느라 얼마나 고생이 많으셨나요?”

“형님이라고?”

"저는 물에 빠진 남선비님을 살리고 지금까지 함께 살고 있습니다."

착한 여산부인은 남선비가 죽지 않고 있는 것은 노일제대귀일의 딸 덕분이라는 생각에 고마운 마음이 들었어.

"고맙네. 이제 내가 고향으로 모시고 가겠네."

"여기까지 오시느라 땀을 뻘뻘 흘렸을 건데, 주천강에 가시면 시원하게 등목이라도 해드릴게요. 그 후에 떠나시지요."

더워서 땀을 뻘뻘 흘리던 여산부인은 그 말을 곧이곧대로 듣고 따라 나섰어. 노일제대귀일의 딸은 세상에서 가장 부드러운 목소리로 말하였어.

"형님, 제가 등에 물을 적셔드릴게요."

"고맙네."

고맙다는 말이 떨어지기가 무섭게 노일제대귀일의 딸은 여산부인을 등 뒤에서 와락 밀어버렸어. 여산부인은 그대로 주천강에 빠져버렸어. 여산부인은 생각지도 못하게 갑자기 당한 일이라 한마디 못 하고 빠져 죽어버렸어. 주천강 깊이깊이 빠진 것을 본 노일제대귀일의 딸은 움막으로 돌아와 여산부인의 목소리로 말했어.

"서방님, 행실이 나쁜 노일제대귀일의 딸을 주천강에 빠뜨리고 왔어요."

앞을 보지 못하는 남선비는 박수를 치며 말했어.

"거참, 속 시원하다. 내 돈을 다 빼앗고 나를 쫓아낸 나쁜 여자
야. 이제 우리 집으로 돌아갑시다."

남선비는 노일제대귀일의 딸이 변장한 줄도 모르고 함께 남선
고을로 향했어. 부둣가에 도착하니 일곱 아들이 기다리고 있다
가 달려와서 말했어.

"그간 고생이 많으셨습니다."

"오냐, 오냐!"

일곱 아들은 아무리 봐도 노일제대귀일의 딸이 어머니 같지
않았어.

"어머니, 그새 많이 변하셨습니다. 우리 어머니가 아닌 것 같
아요."

"날마다 아버지를 찾아 헤맸더니 이렇게 변해버렸단다."

다른 아들들은 그 말을 믿었어. 하지만 막내 녹디생이는 도저
히 믿을 수가 없었어. 아니나 다를까, 노일제대귀일의 딸은 점점
믿지 못할 행동을 했어. 집으로 가는 길도 몰라 헤매었고, 밥상을
차릴 때도 아버지 밥상은 아들에게 주고 아들의 밥상은 아버지
에게 주었어. 장독대가 어디 있는지도 모르고 쌀이 어디 있는지
도 몰라 헤매었어.

"음, 아무래도 수상해……."

노일제대귀일의 딸 역시 막내아들이 의심하는 걸 눈치챘어.
그래서 먼저 계략을 짰어.

“아야야, 아야야!”

“왜 어디가 아프오?”

노일제대귀일의 딸은 시치미를 뚝 떼고 말했어.

“큰 병에 걸렸어요. 점쟁이에게 물어보았더니, 글쎄 일곱 아들의 간을 먹어야 낫는다지 뭐예요. 전 그냥 죽으렵니다.”

“그런 요상한 말을 하다니. 내가 직접 점쟁이에게 가서 물어보겠소.”

남선비는 지팡이를 짚고 노일제대귀일의 딸이 일러준 대로 갔어. 노일제대귀일의 딸은 남선비보다 먼저 달려가서 변장하고는 코맹맹이 소리로 거짓말을 하였어.

“댁의 부인은 아들들의 간을 먹어야 병이 낫겠소.”

아들들을 가장 귀하게 여기는 남선비는 한숨을 쉬며 집으로 돌아왔어.

“이 일을 어찌한단 말이오. 아들들을 죽일 수는 없소.”

“제가 세쌍둥이를 세 번 낳아서 아들 아홉이 생기게 해줄게요.”

노일제대귀일의 딸이 또 거짓말로 꼬이기 시작했어.

“그래. 자식은 또 낳으면 되지만 아내가 없으면 안 돼.”

남선비는 울면서 칼을 갈기 시작했어. 아들도 중요하지만 여산부인이 더 중요하다고 생각했어. 마침 이웃집 마고할망이 칼을 빌리러 왔다가 그걸 보았어. 깜짝 놀란 마고할망은 아들들에게 달려가 사실을 알렸어. 아들들은 믿을 수가 없었어.

"제가 가서 보고 올게요."

막내아들 녹디생이가 집에 가 보았어. 아닌 게 아니라 아버지가 칼을 쓱쓱 갈고 있는 거야.

"아버지, 왜 칼을 갈고 계세요?"

"휴, 어머니가 병에 걸려 점을 보러 갔더니, 너희들의 간을 먹어야 산다는구나."

"아버지, 자식들이 죽는 꼴을 어찌 직접 보시렵니까. 차라리 그 칼을 저에게 주세요. 형님들의 간을 제가 내올게요. 차도가 보이면 그 후에 제 간은 아버지가 내세요."

"오냐, 알았다. 그럼 이 칼은 네가 갖고 가거라."

막내아들은 급히 형들에게 달려가서 이 사실을 알렸어.

"설마, 아버지가 그렇게 말했단 말이냐?"

"어서 도망가요!"

일곱 아들은 산으로 도망쳤지. 너무 지쳐 잠시 누워서 눈을 붙이기로 했어. 그런데 막내아들 녹디생이 꿈속에 어머니가 나타나서 말했어.

"아들아, 지금 일곱 마리 돼지가 그 밑으로 내려간다. 얼른 잡아서 간을 내 가거라."

막내아들이 깨어보니 아기 산돼지 일곱 마리가 내려오고 있었어. 일곱 아들은 여섯 마리의 아기 산돼지 간을 내었어. 막내아들 녹디생이는 돼지의 간을 노일제대귀일의 딸에게 가져갔어.

"어머니, 이 간을 드세요. 제 간은 이제 아버지가 내올 겁니다."

"아이고, 고맙다. 어서 나가 있어라. 보는 데서 먹으려니 이상하구나."

노일제대귀일의 딸은 간을 먹은 것처럼 하고 돗자리 밑에 숨겼어. 막내아들 녹디생이는 나가는 척하다가 도로 들어갔지. 녹디생이는 노일제대귀일의 딸이 숨겨놓은 간을 꺼내어 가지고 지붕 위로 올라가서 외쳤어.

"사람들아, 악독한 노일제대귀일의 딸을 보시오. 제 어머니를 죽이고 가짜 어머니 행세를 하면서 우리까지 죽이려고 합니다!"

막내의 소리를 신호 삼아서 형들이 몽둥이를 두드리며 벼락같이 집 안으로 들어왔어. 마을 사람들도 몰려오기 시작했어. 놀란 노일제대귀일의 딸은 측간(변소)으로 도망가 목을 매고 죽어 측간신이 되었어. 게다가 머리는 돼지 먹이통이 되었고 머리카락은 미역이 되어버렸어. 입은 솔치가 되었고 손톱, 발톱은 군벗이 되었어. 배꼽은 굼벵이가 되었고. 나머지는 각다귀와 모기가 되어 지금도 사람들의 피를 빨아먹고 있는 거야. 남선비는 아무것도 모르고 놀라 도망갔어. 그러다 그만 정낭에 걸려서 죽어버렸어. 나중에 남선비는 정낭신이 되었어.

일곱 아들은 주천강으로 달려갔어. 물을 다 퍼내었지. 살은 다

썩고 뼈만 살그랑한 어머니의 시신을 찾아낸 일곱 아들은 서천 꽃밭으로 달려갔어. 서천꽃밭에서 피 오를 꽃, 살 오를꽃, 뼈 오를 꽃, 환생꽃을 꺾어다가 어머니를 살려내었어.

"아이고 내 아기들아, 너무 오래 잠을 잤구나."

일곱 아들은 연못 바닥에 있는 어머니 살 썩은 흙을 가져왔어. 그 흙으로 시루를 만들었어. 시루를 만들 때 일곱 형제가 돌아가며 하나씩 구멍을 뚫었어. 그때부터 시루에는 일곱 구멍을 뚫는 법이 생겼대.

"어머니는 추운 물속에 오래 있었으니 따뜻한 부엌에서 불을 때며 부엌을 지켜주는 조왕할망이 되세요."

"어머니는 하루 세 번 밥을 지을 때마다 따뜻한 불을 쬐고 시루에 떡을 찌게 되면 맨 먼저 맛보면서 부엌을 지켜주세요."

이렇게 해서 여산부인은 부엌을 지키고 가족의 건강을 지키는 조왕할망이 되었어. 사이좋은 아들들은 첫째는 동쪽, 둘째는 서쪽, 셋째는 남쪽, 넷째는 북쪽, 다섯째는 중앙을 지키는 다섯 방위의 신이 되었어. 여섯째는 집안의 뒷문을 지키는 뒷문전신이 되었고, 막내 녹디생이는 현관 입구를 지키는 앞문전신이 되었어.

그 후 일곱 아들들은 하늘에 올라가 북두칠성이 되었다고도 해. 제주의 해민들은 배를 타고 먼바다로 나가 고기를 잡곤 했지. 그때마다 북두칠성과 북극성을 보며 기도를 올렸대. 그러면 별들이 길을 안내해 주었다는 거야.

# 원인 모를 병을 없애주는
# 지장아기

## 지장본풀이

옛날에 남산국과 여산국이 부부가 되어 살고 있었어. 부부는 원앙처럼 사이가 좋았어. 단 한 가지, 자식이 없어 날마다 한숨으로 날을 보냈어. 기도를 드리면 자식을 볼 수 있을 거라는 말을 들은 부부는 영험이 있다는 절을 알아보았어. 동관음사 은중절, 서관음사 금법당, 남관음사 노강점, 북관음사 용공전이 영험이 있다는 거야.

남산국과 여산국 부부는 모시, 삼베, 무명, 명주를 백 필씩 검은 소에 실었어. 쌀, 보리, 콩, 팥을 한 가마니씩 실었어. 은그릇, 놋그릇까지 정성껏 마련하여 절에 갔어. 정성을 다하여 자식을 기원하는 불공을 백일 동안 드렸지. 그 후 여산국 부인에게 태기가 있더니 어여쁜 여자 아기가 태어났어. 기다리던 아기라 온 집 안이 기뻐하였어. 절에 가서 기도를 하니 지장보살이 도와주었 다고 하여 지장아기라 이름을 지었지.

지장아기는 무럭무럭 자라났어. 두 살이 되던 해에 어머니 무 릎에서 어리광을 부리고, 세 살이 나는 해에 아버지 무릎에서 어 리광을 부리고, 네 살이 되던 해에 할머니 할아버지 무릎에 앉아 서 재롱을 떨었지. 지장아기가 태어나면서부터 집안에 행복한 웃음이 넘쳐났어. 하지만 넘치는 사랑을 시샘했는지 지장아기가 다섯 살이 나는 해에 할머니 할아버지가 갑자기 돌아가셨어. 여 섯 살 나는 해에 아버지도 세상을 떠났어. 일곱 살 나는 해에 어 머니도 갑자기 죽고 말았어. 어린 나이에 연이은 불행이 찾아들 어 가족을 다 잃고 하루아침에 하늘 아래 의지할 곳 없는 외톨이 신세가 되고 만 거야.

어느 날 지장아기를 데리러 먼 마을에 사는 외삼촌이 왔어. 외 삼촌 집에서 살기로 했어. 외삼촌은 지장아기와 그 집에 있는 모 든 재물을 가지고 갔지. 집으로 가자마자 외삼촌의 눈빛이 돌변 했어. 외삼촌은 개 밥그릇에 쥐들이 훔쳐 먹던 식은 밥을 주었어. 그것도 아까워서 한꺼번에 다 먹지 못하게 했어. 밤에는 소와 함 께 외양간에 재웠어. 함께 온 검은 암소가 옆에서 지켜주었지.

어느 날 외삼촌은 지장아기에게 일도 안 하면서 밥만 축낸다 고 소리치기 시작했어. 밥도 더 이상 주기가 아깝다며 길거리로

**142**

내쫓고 말았어. 쫓아내며 한 말이 지장아기를 더 서럽게 했어.

"너처럼 복이 없고 재수 없는 아이가 태어나서 할머니, 할아버지, 아버지, 어머니가 다 죽은 거야."

외숙모는 더 큰 소리로 말하였어.

"에이, 재수 없어. 우리 집 안으로 들어올 생각하지 마!"

지장아기는 이 거리 저 거리를 돌아다니며 얻어먹는 신세가 되어버렸어. 지장아기의 처량한 신세를 하늘나라 천지왕의 부엉새가 보고는 가여워했어. 밤이면 내려와 한 날개로 깔아주고, 한 날개로 덮어주며 얼어 죽지 않게 해 주는 거야. 인간 세상에서 밥 한술 못 얻어먹은 날은 새들이 열매를 따서 떨어뜨려 주었어. 하늘이 밥을 주고 옷을 준 거지.

지장아기는 얼굴만 예쁜 것이 아니라 마음씨도 착하고 일도 잘했어. 절대 그냥 얻어먹는 일이 없었거든. 무엇이든 품팔이를 해 주고 밥을 얻었어. 비록 집도 없고 부모도 없는 불쌍한 신세지만, 남의 집 일을 할 때는 온 정성을 다했어. 어른들에게 공손하고 아기들을 잘 돌보니 동네에서 칭찬이 자자했어. 일 잘하고 착하다는 소문이 점점 퍼져 나갔어.

열다섯 살이 되던 해에 청혼이 들어왔어. 신랑 집에서 예장이 오고 이바지로 어마어마한 재물이 왔어. 시집가는 날 지장아기는 신랑을 처음으로 보았지. 시집에서 차려준 신혼살림은 논이며 밭, 소와 말까지 사는 데 부족함이 없었어. 어린 새각시인 지장아기는 행복이 넘쳤어. 비단옷에 맛있는 음식을 먹으며 오순도순 행복하게 살았지.

그런데 그 행복도 잠시, 시집간 지 꼭 일 년 후인 열여섯 살이 되는 해에 시할머니와 시할아버지가 갑자기 죽고 말았어. 열일곱 나는 해에는 시아버지도 세상을 떠나고, 열여덟 나는 해에는 시어머니도 저승길로 떠나버렸어. 열아홉 나던 해에는 신랑마저 죽고 말았어. 지장아기는 몸부림을 치며 울었어. 울다 울다 너무 울어 목이 막히고 말이 막혔어. 땅을 치며 밤새 울었어.

"도대체 내가 무슨 죄를 지었길래!"

아무리 생각해봐도 열심히 일하고 다른 사람을 도와준 것밖에 없었어. 사랑하는 사람들을 모두 잃고 난 지장아기는 살길이 막막했어. 시누이에게 의지해서 살까 하여 시누이 집으로 찾아갔는데 안에서 소곤거리는 소리가 들렸어.

"저 재수 없는 지장아기를 처치하고 우리가 이 재산을 나눠 가져요."

시누이들이 모여 앉아 지장아기를 죽일 계획을 짜고 있는 거였어. 지장아기는 그런 시집에서 더 살 수 없어 재물을 다 버려두고 나가려고 했어. 그러나 어디로 갈까 생각하니 앞날이 캄캄했지. 지장아기는 걱정을 달래려 대바구니에 한두 살 때 입던 옷부터 모든 행장을 담고 주천강 연못에 빨래하러 갔어. 흐르는 물에 걱정을 흘려보내며 빨래를 하고 있는데, 동쪽에서 스님 한 분이 걸어오는 거야. 지장아기는 하던 빨래를 멈추고 말했어.

"스님, 가는 길 멈추고 제 말 좀 들어주세요."

스님은 지장아기가 살아온 이야기를 듣더니 딱하다는 듯이 말했어.

"어허, 불쌍한 아기씨로군. 사람 없는 산골로 들어가 억새를 엮어 움막을 짓고 살면 살 수 있소. 명진국 할머니를 찾아가 누에 치는 법을 배우고 명주 열 필을 짜서 제를 올리면 평생 액 없이 살 수 있소이다."

지장아기는 어떤 일이든 하겠다고 했어.

"친정어머니, 친정아버지, 시어머니, 시아버지, 남편까지 죽은 원혼을 달래주는 전새남굿을 해야 합니다."

스님은 그 말을 남기고 바람처럼 떠나버렸어. 지장아기는 하던 빨래를 거두고 돌아왔어. 그날부터 스님이 말한 전새남굿을 준비하기 시작했어. 산으로 들어가서 뽕나무를 심었어. 뽕나무는 심은 날부터 싹이 났어. 싹이 나자마자 잎이 돋았어. 연한 잎을 따다가 알을 까고 나온 누에의 밥으로 주었어. 누에밥을 먹이고, 누에잠을 재워서 고치가 되자 실을 뽑았어. 뽑은 실을 소쿠리에 담았어. 누에실로 명주를 짜기 시작했어. 곱게 짠 물명주 강명주를 구덕에 넣어 등에 지고 주천강 연못으로 빨래를 갔어. 강명주 물명주를 석 달 열흘 동안 정성껏 빨아서 하얗게 만들었어.

공들여 마련한 명주는 굿에서 이승과 저승을 이어주는 다리를 놓는 데 쓸 것이었어. 초감제에 쓸 다리, 초공전에 쓸 다리, 이공전에 쓸 다리, 시왕전에 쓸 다리, 삼공전에 쓸 다리, 사자님전에 쓸 다리, 군웅님전에 쓸 다리, 차사님전에 쓸 다리까지 모두 준비하였어. 그렇게 하고 남은 명주로 북, 장구, 징을 맬 끈을 만들었어. 남은 명주로는 심방이 사용하는 요령과 신칼의 끈을 만들었어.

모든 준비를 다 하고 나서 지장아기는 머리를 삭삭 깎았어. 스님들이 머리에 쓰는 고깔모자를 쓰고 회색 장삼을 입었어. 스님처럼 동서남북으로 다니며 탁발을 하여 쌀을 모았어. 집집이 한 홉씩 얻은 쌀이 열 섬 모이자 방아를 찧었어. 온종일 방아를 찧어 만든 하얀 쌀가루를 체로 곱게 쳐서 떡을 만들었어. 돌레떡과 송편은 물에 삶아놓고, 일곱 구멍 뚫린 시루에 시루떡을 쳤어.

기메전지를 오려 걸어놓고 굿상에는 떡들을 올려놓았어. 한 말은 천지왕께 올리고, 한 말은 저승의 염라대왕께 올렸어. 또 한 말은 초공왕께 올리고 한 말은 이공왕께 올리고 한 말은 저승차사께 올리고, 마지막 한 말은 강림도령에게 올렸어. 저승 간 조상과 친정 부모님, 시부모님, 열아홉 살 젊디젊은 나이에 세상을 떠난 낭군님을 위하여 전새남굿을 7일 동안 하였어.

"지장아기가 죽은 조상들을 구원하는 좋은 일을 하는구나."

온 마을에 칭송이 자자했어. 그 후로도 여기저기 떠돌아다니며 재물이 모이기만 하면 제를 올렸어. 마지막 순간까지 말이야.

불쌍한 지장아기는 죽어서 새의 몸으로 다시 태어났어.

그런데 지장새가 들면 집안 사람들에게 병이 생겼어. 머리로 가면 두통새가 되어 머리 아프고, 눈으로 가면 눈 흘기는 새가 되어 사팔뜨기가 되고, 코로 가면 거친 숨 쉬는 악숨새가 되어 감기가 떨어지지 않았고, 입으로 가면 혓바늘이 돋고, 가슴으로 가면 답답증과 열불 나는 열불새가 되고, 입으로 가면 생각 없이 아무 말이나 조잘거리는 오두방정새가 되었어.

지장아기새는 사람들에게 상상할 수 없는 온갖 병을 가져다주었어. 조상을 구원한 지장아기가 새가 되어 사람의 몸 이곳저곳으로 들어가면 원인 모를 병이 되어 고칠 수 없었어. 병을 사라지게 하려면 심방이 지장아기의 기구한 생애를 낱낱이 풀어 주어야 새가 파르르 날개를 떨며 몸에서 나갔어. 환자의 몸속에 깃들었던 새, 지장아기가 나간 거지.

그때부터 사람들은 이름 모를 전염병이 돌면 정성껏 음식과 제물을 마련하고 지장아기의 기구한 생애를 풀어주기 시작했어. 불쌍한 지장아기의 인생을 함께 알아주고 함께 슬퍼해주자 지장아기의 마음이 풀리기 시작했는지 아팠던 사람들이 낫기 시작했어.

착한 사람이라 할지라도 가슴속에 속상한 일들이 쌓이게 마련이야. 꽁꽁 숨기고 참기만 하다 보면 죽어서도 풀 수 없는 깊은 병이 된다는 거지. 속상한 일, 슬픈 일은 누군가에게 이야기하며 풀면서 살아야 한다고 이 신화는 말해주고 있어.

# 대접받는 만큼 대접하는
# 마마신

마누라본풀이

옛날 옛적 강남천자국에 마마신이 살았어. 아이들에게 천연두를 앓게 하는 신이야. 마마신은 눈이 밝아서 삼천 리 앞을 내다보았어. 하루는 마마신들이 산 위에 올라 사방을 둘러보는데 해동국이 눈에 띄었어. 해동국에도 아이들이 많았지. 그런데 강남천자국보다 너무 작은 나라여서 세 명의 마마신만 가기로 하였어.

머리에 검정 두건을 쓰고 학 모양 하얀 옷을 입고 손에는 부채를 쥔 마마신, 머리에 초록 패랭이를 쓰고 붉은 깃 망토를 걸쳐 입고 손에는 장검을 든 마마신 그리고 머리에는 붉은 댕기를 묶고 옥색 치마에 노랑저고리를 입고 손에는 둥근 거울을 든 마마신 셋이 구름처럼 달려갔어. 가는 중에도 이곳저곳 가리지 않고 아이들에게 마마를 앓게 했어. 열두 고개를 넘고 열두 마을 지나 강가에 당도했어. 강을 건너야 해동국이었거든.

마마신들은 자신들을 귀한 손님 대접하듯이 해야 기분이 풀렸어. 그래서 사람들은 마마신을 손님이라고 불렀어. "손님이 오시니 손님 대접 잘하셔야 하오."라는 말 대신에 '손님'이라고 부르는 거지. 그 말대로 마마신들은 손님 대접을 정성껏 잘하면 천연두를 곱게 지나게 하였어. 때로 섭섭하게 하거나 괄시를 하면 얼굴과 온몸을 미운 곰보딱지로 만들어 버렸어. 심하면 죽게도 하였어.

기다리던 마마신들이 강을 건널 준비를 하였어. 사공 한 명이 배 한 척을 타고 노를 저어 오고 있는 거야. 사공이 가까이 오자 마마신 대별상이 말하였어.

"강을 건넙시다. 그대의 아이들에게 마마를 살짝 앓게 해 주겠소."

"그렇게는 안 되겠소이다."

"아니, 왜 그러시오?"

"맨 앞 손님은 부채를 부치고 있으니 바람이 일어나게 해서 배가 길을 잃을 것만 같고, 가운데 계신 손님은 장검을 함부로 휘둘러 배를 구멍 나게 할 것 같으니, 난 못 하겠소."

그 말을 듣고 마마신은 화가 났어. 당장 장부를 꺼내 보니 사공에게 아들 일곱 형제가 있는 거야. 그 아들 일곱 형제에게 모두

심하게 마마를 앓게 했어.

아무것도 모르는 사공이 집에 와 보니 아들 일곱 형제가 마마를 앓아 시름시름 죽어가고 있었어. 얼굴은 덕지덕지 곰보가 되어 있었어. 사공의 아내가 물었어.

"여보. 혹시 밖에서 손님들에게 함부로 한 적이 있어요?"

"오늘 강가에서 배를 태워달라는 손님들을 거절하긴 했소."

사공의 아내는 눈치를 챘지. 맛있는 음식을 해서 배 한 척에 가득 싣고 사공과 함께 강가로 갔어. 마마신들은 아직도 그 자리에 있었어. 그 앞에서 엎드려 눈물 흘리며 손발이 닳도록 빌었어.

마마신들은 원래 성질이 변덕스러웠어. 사공을 용서하지 않겠다고 했지만 맛있는 음식에 용서를 비는 사공의 아내를 보니 화가 풀린 거야. 그래서 아이들을 죽이려던 마음을 바꿨지. 일곱 아들은 그날 당장 병이 다 나아서 방긋방긋 웃기 시작했어.

마마신은 사공의 안내를 받아 강을 건너 해동국에 다다랐지. 마마신이 지나는 모든 마을에서는 아이들이 마마를 앓았어. 마마에 걸리게 되면 아이들은 온몸이 불덩이처럼 뜨거워지고 헛소리를 하며 앓았어. 어떤 아이는 며칠 그러다가 낫기도 했고, 어떤 아이들은 앓다가 죽기도 했거든. 낫는다고 하여도 마마의 자국을 얼굴에 곰보처럼 남겼어. 곰보 얼굴을 한 아이들은 속상해서 울음을 터뜨렸지.

마마신을 알아보는 사람들은 어린 아기의 얼굴만은 곰보로 만들지 말아 달라고 애원하였어. 정성이 극진한 집에 이르면 마마신은 아기가 곱게 앓다가 낫도록 해 주었어. 마마신은 눈이 밝아서 구만리를 내다보며 마마를 옮길 아이들을 찾아다녔어.

어떤 사람은 싸리나무나 대나무 잎으로 말을 만들어 지붕 위에 놓고 마마신에게 빌었어. 기세등등한 마마신이 말을 타고 편히 다니라고 말이야. 말 인형을 보면 마마신들은 미소를 지으며 아주 살짝 마마를 앓게 해 주었어.

그런데 마마신 중 대별상은 여자들을 하찮게 보는 게 문제였어. 여자가 큰소리치는 걸 볼 수가 없다며 펄쩍 뛰곤 했어. 자기 앞길을 여자가 막는 것은 용서 못 한다고 화를 냈어. 여자들은 모두 자신에게 고개를 숙여 절을 해야 한다고 했지. 절을 하지 않으면 그 가족, 그의 친족까지 샅샅이 뒤져 아이들에게 마마를 앓게 하고 얼굴을 덕지덕지 곰보로 만들고 나서야 분이 풀릴 정도였어.

그런 마마신을 가장 싫어하는 사람은 삼승할망이었어. 아기들을 잉태시키는 임무를 부여받고 인간 세상으로 올 적에, 왼손에는 환생꽃, 오른손엔 번성꽃을 들고 왔지만 아기에게 마마를 퍼뜨리는 마마신에게는 꽃으로도 어쩔 수가 없었어. 삼승할망은 마마신을 한 번쯤은 만나서 아기들을 위한 이야기를 해야겠다고 벼르고 있었어.

마마신이 제일 싫어하는 사람도 삼승할망이었어. 여자가 감히

신이 되어 아이를 잉태시키냐고 소리를 쳤어. 하루에 만 명이 넘는 아기를 잉태시키고 해산을 해 주는 삼승할망을 사람들이 존경하는 것은 더 꼴불견이었지.

어느 날 삼승할망은 급히 해산을 시켜야 할 아기가 있어 부지런히 주천강 다리를 건너고 있었어. 다리 건너편에서 붉은 깃을 휘날리며 마마신이 오고 있었어. 별상마마 깃발을 펄럭이며 좌우에 부하들을 거느리고 기세 당당하게 다리를 건너오고 있었지. 아기들에게 마마를 퍼뜨리러 가는 길이었어. 삼승할망은 아이들에게 마마를 퍼뜨리는 것이 맘에 들지 않았지만 참고 또 참았어. 공손히 절을 하며 부드러운 목소리로 말했어.

"마마신 대별상님, 제발 아기들의 고운 얼굴을 곰보로 만들지 마십시오."

여자를 싫어하는 마마신은 삼승할망이 길을 막자 오만가지 인상을 찌푸리며 말했어.

"기분 나쁘게, 아침부터. 여자가 사내대장부의 길을 막아?"

자존심을 건드리는 목소리로 기분 나쁘게 말하는 거야. 삼승할망은 화가 났지만 아이들에게 해가 될까 봐 다시 한번 고개를 숙여 부탁했어.

"부탁드립니다. 귀한 아기들의 고운 얼굴을 지켜주십시오."

"에잇! 재수 없어. 이 여자가 대장부의 길을 막아?"

열 달 동안 부부가 키우고 삼승할망이 귀하게 내어준 아기들의 얼굴에 천연두를 전염시키는 대별상이 삼승할망에게 이유 없이 화를 내는 거야.

참다못한 삼승할망은 마마신 앞으로 가서 얼굴을 똑바로 쳐다보며 말했어.

"괘씸한 마마신, 곧 나에게 사정할 일이 있을 거니 후회하지 마시오."

"헹, 후회? 웃기시네. 그러든지 말든지."

마마신 대별상은 들은 척도 안 하고 휑하니 부하들을 거느리고 바람처럼 가 버렸어. 뒷모습을 지켜보는 삼승할망의 얼굴이 굳어졌어.

삼승할망은 그날 서천꽃밭으로 갔어. 생명의 꽃 하나를 꺾어 들고 마마신 부인에게 갔지. 삼승할망이 생명꽃을 들고 가서 마마신 부인에게 태기를 주었어. 부인은 너무 기뻐 눈물을 흘리며 좋아했어. 저녁에 돌아온 마마신에게 말했지.

"여보, 아기를 가진 것 같아요."

마마신도 너무 좋아 입이 귀에 걸렸어. 마마신 부인의 배가 점점 불러왔어. 어느덧 열 달이 되었어. 아기를 낳을 때가 된 거지. 마마신 부부는 이제나 나올까 저제나 나올까, 아기가 나오기만을 기다렸어. 그런데 해산할 날이 아무리 지나도 아기가 나올 생각을 하지 않는 거야. 배가 아파오고 식은땀을 흘리는데 아기는 꿈쩍도 하지 않았어. 아무리 힘을 주어도 아기가 나오지 않자, 아기와 마마신 부인 둘 다 죽을 지경에 이르렀어.

"아이고, 대감. 이렇게 죽게 되나 봅니다. 아기라도 살려주세요."

그제서야 대별상은 정신이 번쩍 들었어.

"아, 아니 되오. 부인, 정신 차리시오."

"아기만은 살려주세요. 마지막 소원이니 제발 삼승할망께 부탁해주세요."

마마신 부인은 하염없이 울며 사정했어.

"허, 대장부가 어찌 여자에게 부탁을 하러 간단 말이오."

마마신은 도저히 내키지 않았어. 마마신은 이러지도 저러지도 못하고 안절부절못했어. 하지만 부인이 죽어가는 마당에 더 이상 자존심만 내세울 수 없었어.

마마신은 생전 처음 누군가에게 부탁을 하기로 했어. 새벽에 일어나자마자 삼승할망을 찾아갔어. 흰 망건에 흰 도포를 입고, 부하를 거느리고 의기양양하게 삼승할망 집 문 앞으로 갔어. 그러나 아무리 불러도 삼승할망은 대답은커녕 거들떠보지도 않았어.

"마마신이 직접 행차했는데 나와보지도 않는다고?"

마마신은 화가 나서 돌아가려고 했어. 그때 집으로부터 부인이 곧 죽을 것 같다는 기별이 왔어.

"삼승할망을 모시고 가야 합니다. 시간이 없습니다."

마마신은 순간 댓돌 밑으로 내려가 무릎을 꿇고 엎드렸어.

“제발, 살려주십시오. 제가 잘못했습니다.”

한참 만에야 삼승할망의 목소리가 나직이 들려왔어.

“이제야 하늘 높고 땅 귀한 줄 알겠소? 뛰는 재주 위에 나는 재주가 있는 법. 여자도 똑같이 귀한 인간인데 함부로 하면 안 된다는 걸 이제는 알겠소?”

“잘못했습니다. 제발.”

그러나 삼승할망은 더 조용조용한 목소리로 천천히 그러나 또박또박 말하였어.

“주천강에서부터 집까지 명주로 다리를 놓고 마당과 울타리 곳곳에 오색 깃발을 꽂고 무릎 꿇어 맞으시오.”

마마신은 허리 숙여 그러겠다고 했어. 그리고는 얼른 집으로 돌아가 주천강에서부터 집 앞까지 명주로 다리를 놓고 무릎을 꿇고 맞을 준비를 하였어. 삼승할망은 그 길을 따라 걸어갔지. 죽어가던 마마신 부인에게 다가가 허리를 세 번 쓸어내리자 아홉 궁의 문이 열리고 아기가 우렁찬 울음을 터뜨리며 나왔어.

“으앙!”

마마신 대별상은 그제서야 안도의 한숨을 내쉬었어. 그 모습을 바라보며 삼승할망은 깊은 숨을 내쉬며 따뜻한 미소를 지었어. 삼승할망은 또 다른 아기를 위하여 서천꽃밭으로 걸음을 옮기기 시작했어.

# 재물과 복을 나누어주는
# 고팡할망

## 칠성본풀이

옛날 옛날 탐라국에 장설룡 부부가 살았어. 어찌나 사이가 좋은지 동네 사람들이 모두 부부를 부러워하였지. 그러나 쉰 살이 다 되도록 아기가 없어 근심이었어. 어느 날 지나가던 스님 둘이 부부의 웃음소리를 들으며 말하는 거야.

"웃음소리 속에 슬픔이 스며있군."

"쌀 백 석을 바치고, 백일 동안, 백 명의 조상들에게 기도를 드리면 슬픔이 사라질 건데."

하고는 가던 길을 가는 거야. 하녀 느진덕이가 그 말을 듣고는 쪼르르 장설룡 대감에게 달려갔어.

"대감마님, 지나가던 대사가 쌀 백 석을 바치고, 백일기도를 하면 이 집안의 슬픔이 사라진대요."

"우리 집안의 슬픔이라면 아이가 없는 것 아니겠소?"

"세상에, 하늘이 우리에게 자손을 내려줄 모양입니다."

장설룡 대감 부부는 버선발로 달려가 스님을 모셔왔어. 공손하게 절을 하고 쌀 백 석을 시주하겠다고 하였어. 스님은 아무 말도 하지 않고 고개만 끄덕였어.

바로 다음 날 장설룡 부부는 절에 가서 쌀 백 석을 시주하고 백일기도를 드리기 시작했어. 백일 동안 아침, 점심, 저녁마다 정성을 다하여 제물을 올리고 기도를 드렸어. 백일기도를 마치고 얼마 안 있어 부인의 배가 점점 불러오더니 열 달이 지나자 예쁜 딸이 태어났어. 하늘의 별보다 더 고왔고 들판의 꽃보다 더 예뻤지. 부부는 귀하고 귀한 아기를 하늘의 선물이라고 여기며 소중하게 키웠어. 아기의 재롱에 웃다 보면 하루가 금방 지나곤 했지. 아무 것도 부러울 것이 없는 시간들이 강물처럼 흘러갔어. 슬픔은 모두 사라지고 세상엔 행복만 가득하였지.

그러던 어느 날 하늘나라 천지왕으로부터 명령이 내려왔어.

"장설룡 송설룡 부부는 지하 대장군 임무를 다 하고 오라!"

천지왕의 명령은 아무도 거역할 수 없었어. 당연히 가야 하지만 문제는 어린 딸이었어. 딸을 데리고 갈 수도 없는 길이었어. 그렇다고 두고 갈 수도 없었어. 혼자 살 수 없는 어린 딸을 어떻게 해야 할지 고민하던 부부는 하녀 느진덕이 정하님을 불렀어.

"우리는 천지왕의 부름을 받았다. 잠시 다녀올 터이니, 아기씨를 돌보고 있어라. 아기씨를 잘 지키면 다녀오자마자 종 문서를 돌려주마."

하녀 느진덕이는 자유의 몸이 된다는 말에 입이 방그레 벌어졌어.

"이 목숨을 다 바쳐 지키겠습니다요."

장설룡 대감 부부는 하녀 느진덕이에게 딸을 맡기고 지하세계로 떠났어. 그런데 아기씨는 부모가 자기를 버리려는 줄 알고 구석에 쪼그려 앉아 울고 있다가 대문 여는 소리에 부모 뒤를 쫓아갔어. 천지왕의 부름을 받은 장설룡 대감 부부는 태풍 장군의 바람을 타고 날아가듯 걸어갔어. 아기씨는 그 뒤를 새처럼 쫓아갔어. 하녀 느진덕이가 쫓아갔지만 아기씨를 따라 갈 수 없었어.

새처럼 달리는 아기씨와 바람처럼 휙휙 달리는 장설룡 부부는 어느새 동네를 떠나 산속을 달리게 되었지. 하녀는 도저히 아기씨를 따라갈 수가 없었고, 아기씨는 도저히 부모를 따라갈 수가 없었어. 바람 소리만 휙휙 들렸어. 아무리 쫓아가도 어머니 아버지가 보이지 않자 아기씨는 그 자리에 주저앉아 울기 시작했어. 숨이 꼴깍 넘어갈 것만 같았어. 바로 그때 스님들이 지나갔어.

"스님, 우리 부모님이 어디로 가셨는지 아세요?"

첫 번째 스님은 대답도 없이 휑하니 가버렸어.

두 번째 스님이 지나갔어.

"스님, 우리 부모님이 어디로 가셨는지 아세요?"

두 번째 스님은 고개를 설레설레 흔들며 가버렸어.

세 번째 스님이 지나갔어.

"스님, 우리 부모님이 어디로 가셨는지 아세요?"

세 번째 스님은 웃으며 손짓을 하였어.

"나를 따라오렴. 부모님 계신 곳으로 데려다주마."

스님은 아기씨의 손을 잡고 서쪽으로 걸어가기 시작했어. 몇 걸음 가지 않아 스님은 사라지고 거대한 왕사마귀 한 마리가 네 개의 눈을 뜨고 앞을 막는 거야. 사마귀의 더듬이에선 이상한 빛과 소리가 들렸어. 아기씨는 자기도 모르게 뱀이 되어 스르르 땅 아래로 기어들었어. 집으로 가는 길을 찾아 동쪽으로 죽을힘을 다하여 기어갔어. 마침내 집에 도착했어. 그런데 아무도 알아보지 못하는 거야. 하녀인 느진덕이도 본체만체하고 그냥 지나갔어. 조그만 물웅덩이에 비친 자신의 모습을 본 아기씨는 놀라 뒤로 자빠져버렸어. 작고 작은 뱀이 되었다는 것을 알게 된 아기씨는 겨우 기어가 물허벅을 놓는 물팡돌 아래 숨었어.

집에서는 난리가 났지. 하녀에게서 아기씨가 사라졌다는 전갈을 받은 장설룡 대감 부부는 천지왕께 사정을 이야기하고 부리나케 집으로 달려왔어. 딸을 찾기 시작했어. 아무리 찾아봐도 딸아이가 보이지 않는 거야. 안절부절 허둥지둥 어찌할 바를 몰라 하는데 아기씨 손을 잡고 가던 세 번째 스님이 찾아왔어. 아무것

도 모르는 장설룡 부부는 딸이 어디로 갔는지 알면 얘기해달라
고 했어.

"흠, 멀리 가지는 않았군요. 이 근처에 있는 것 같습니다."

"뭐라고? 집에 있다고?"

"여봐라, 집을 샅샅이 뒤져 아기씨를 찾아라."

하인과 하녀들이 아무리 찾아도 아기씨는 없었어. 장설룡 부
부는 스님이 의심스러웠어.

"거짓말을 하다니!"

"거짓말이 아닙니다. 아기씨는 부르면 들을 만한 곳에 계십니
다."

스님은 한마디 남기고는 바람처럼 사라져버렸어.

가까이에 있다는 말에 부부는 물팡 주변을 살펴보았어. 눈을
씻고 다시 보니 꾸물꾸물대는 요상한 게 하나 있었어. 눈은 곰방
눈에, 목에는 홍줄이 나 있고, 배는 동동배가 된 뱀 반 사람 반인
딸이 숨어 있는 거야. 얼굴은 딸이 맞는데 몸은 뱀이었어.

장설룡 부부는 조심스럽게 두 손으로 안아 들고 방으로 와서
이불 위에 누였어. 뱀이 된 아기씨는 지쳤는지 금세 스르륵 잠이
들었어. 장설룡 부인은 하염없이 눈물을 흘리며 은동이에 물을
떠다놓고 비춰 보았어. 깜짝 놀라고 또 놀랐어. 아기씨를 닮은 아
기 일곱이 배 속에 소랑소랑 누워 있었거든. 한참 고민을 하던 장
설룡 부인은 장설룡 대감에게 솔직하게 말했어. 장설룡 대감은

망측하다고 하며 아무도 모르게 뱀 아기씨를 무쇠 상자 속에 담아 바다에 던져버렸어.

무쇠 상자는 바다를 떠다니다가 함덕리 서우봉 앞에서 멈췄어. 마침 바다에 일하러 왔던 강씨 하르방과 함덕리 해녀들이 발견했어.

"에구머니나!"

강씨 하르방과 함덕리 해녀들은 무쇠 상자를 조심조심 열었어. 안을 들여다보고는 징그럽다며 침을 퉤 뱉고 멀리 보내 버렸어. 무쇠 상자 속에선 아기씨가 모든 걸 다 듣고 있었어.

"그래도 생명이거늘. 어찌 저럴 수가 있단 말인가?"

화가 난 아기씨 표정이 어두워졌어. 그때부터였어. 뱀 아기씨를 박대한 강씨 하르방과 함덕리 해녀들이 모두 시름시름 앓아 누웠어. 의원의 처방도, 약도 아무 소용 없었어. 죽을 날만 기다리게 된 거야. 생사를 오가게 되자 해녀들은 용한 점쟁이를 찾아갔어. 점쟁이는 칠성신이 다가갔는데 몰라보고 함부로 대해서 화가 났으니 정성껏 모시라고 하였어.

거의 죽게 된 해녀들은 밥도 일곱, 떡도 일곱, 향도 일곱, 촛불도 일곱, 술잔도 일곱, 모든 제물을 일곱 개씩 준비했어. 정성을 다하여 두 이레 열 나흘 동안 큰 굿을 벌였어. 그러자 해녀들이 감쪽같이 나았어. 바다에 들면 전복, 소라, 문어들이 손 가는 데마다 가득해서 금세 망사리가 가득 찼어. 강씨 하르방과 해녀들은 건강을 되찾고 큰 부자가 되었어. 그때부터 칠성신을 모시게 된 거야.

어느 날 칠성신은 함덕을 떠나 제주 성안으로 가기로 했어. 조천 만세동산을 지나고 신촌 진드르 길을 지나 고으니모르를 넘었어. 배부른 동산을 지나 배고픈 동산을 넘고 향교 동산을 넘어 물이 좋다 하는 가락쿳물에 들어갔어. 송대정 부인이 열두 폭 치마를 벗어 놓고 빨래를 하고 있었어.

"에그머니나, 뱀이야. 징그러워!"

동네 부인들은 모두 놀라서 이리저리 피하는데 송대정 부인이 빨래를 하다가 일어나서 말하였어.

"혹시 조상님이 뱀으로 나타나신 거면 열두 폭 치마에 들어오소서."

그 말을 들은 일곱 아기들은 솔솔솔 열두 폭 치마로 들어가 소랑소랑 드러누웠어. 송대정 부인은 빨래 소쿠리에 고이 모시고 집으로 갔어. 고팡에 모시고는 매일 기도를 드렸어.

신기하게도 그날부터 송대정 대감의 집에 재물이 쌓이기 시작했어. 금방 벼락부자가 되었어. 송대정은 재물을 아끼지 않고 어려운 사람들을 도왔어. 사람들은 일곱 마리 뱀이 된 아기씨와 일곱 뱀을 칠성신이라고 부르며 모셨어. 칠성이 들어와 부자가 된 마을이라 하여 송대정 대감이 살던 동네를 '칠성골'이라 불렀어.

일곱 아기들이 열다섯 살이 되자 아기씨가 말했어.

"각자 살 곳을 정하자꾸나. 첫째 아기는 어디로 가겠느냐?"

"저는 관가 안으로 가겠습니다."

"좋다, 그렇게 해라."

"둘째 아기는 어디로 가겠느냐?"

"저는 환곡 창고로 가겠습니다."

"좋다. 셋째 아기는 어디로 가겠느냐?"

"저는 염색 창고로 가겠습니다."

"좋다. 넷째 아기는 어디로 가겠느냐?"

"예, 저는 형방으로 가겠습니다."

"좋다. 다섯째 아기는 어디로 가겠느냐?"

"예, 저는 옥으로 가겠습니다."

"좋다. 여섯째 아기는 어디로 가겠느냐?"

"저는 과수원으로 가겠습니다."

"좋다. 그리 하거라."

마지막으로 일곱째 아기를 불러서 물었어.

"일곱째 아기야, 너는 어디로 가겠느냐?"

"어머님, 저는 아무 데도 가지 않고 어머니 계신 곳 가까이 있으면서 어머니를 돌봐드리겠습니다. 어머님은 어디로 가시겠습니까?"

"우리 막내가 효녀로구나. 참 착하다."

아기씨 눈에서 눈물이 주르륵 흘러내렸어.

“나는 고팡 안으로 들어가 들어오는 곡식을 모두 복으로 바꾸고, 재물로 바꾸면서 이 집을 부자로 만들어주는 안칠성이 될 것이다.”

“그럼 저는 마당에서 이 집을 지켜주는 밧칠성이 되겠습니다.”

“오냐, 그렇게 하여라.”

이리하여 아기씨는 집 안에서 곡식을 저장하는 고팡에 좌정하는 신, 고팡할망이 되었대. 막내 아기는 집 밖 뒤꼍의 칠성눌에서 오곡 씨앗을 지키는 신이 되어 어머니를 돌보고 있고 말이야. 사람들은 집안을 지켜주는 칠성신들을 정성으로 모셨어. 특히 고팡할망을 안칠성, 막내 아기는 밧칠성이라고 부르며 집안의 재물과 풍요 그리고 지혜를 기원했대.

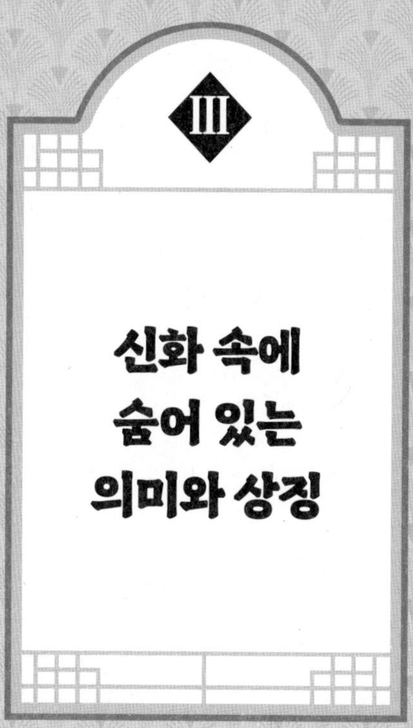

III
신화 속에
숨어 있는
의미와 상징

# 신화 속에
# 숨어 있는
# 의미와 상징

제주 신화는 제주 사람들의 상상력이 만들어낸 세상 이야기예요. 사람답게 살아가기 위한 자세와 인간의 도리가 무엇인지 물음을 던지고 그에 대한 대답을 함께 찾아낸 이야기이기도 하지요. 입에서 입으로 전해 내려오는 오래된 지혜의 노래이기도 해요. 옛사람들이 모여 함께 이야기를 나누고 후손들에게 전해주고 싶은 소망과 바람의 기록이기도 합니다.

그래서 신화를 읽는다는 건 과거와 현재를 잇는 의미 있는 행위이고, 정서적 치유가 이루어지는 기적의 순간이 되기도 해요. 현재를 가장 바람직하게 살아가기 위한 반성과 성찰의 시간이기도 하지요. 신화 속 인물이 역경을 극복해가는 이야기를 거울삼아 자신의 삶을 되돌아본다면 자기 성찰의 장이 되기도 합니다. 어떤 신화든 그 속에는 조상들의 지혜와 용기의 빛이 스며들어 있습니다.

신화는 '인간다움'의 꽃이 피어나는 생명의 꽃밭입니다. 책 속에 박제되는 것이 아니라 세상 밖으로 나와 살아 숨 쉴 역동적인 에너지가 신화 속에 들어있습니다. 그래서 신화를 읽는다는 것은 생명력의 장을 넓혀 자신의 그릇을 넓고 깊게 만드는 길이기도 합니다.

신화 이야기에 숨어 있는 의미와 상징 속에 그 길이 나 있습니다. 제주 신화 열세 거리가 각각 우리에게 질문하는 '어떻게 살아야 하는가?'에 대한 대답을 찾아가는 여행은 의미와 재미를 더해 줍니다. 상징들을 음미하며 신화 열세 거리를 더 깊이 읽으면 신화를 읽기 전과 달라져 있는 자신을 보게 될 거예요.

01.

# 제주를 만든 설문대할망 이야기

설문대할망본풀이

설문대할망은 제주섬을 창조한 거인 여신이에요. 할망이라는 말은 나이 든 할머니라는 뜻도 있지만 신화 속에서의 할망은 지혜로운 여신을 의미합니다. '할'이라는 말의 어원인 '한'은 크다는 의미입니다. 위대한 인간의 지혜 그 자체인 큰 어른을 말합니다. 위대한 모성상, 위대한 인간상, 지혜의 여신을 칭하는 말이 할망입니다. 제주 신화에서 신이 되는 나이는 보통 15세로 봅니다. 성인이 되는 15세에 등장하며 영원한 젊음을 누리는 존재가 신화 속 할망입니다.

설문대할망이 창조했기 때문에 제주의 지형들은 아름답고 평화롭습니다. 한라산과 오름 그리고 바다와 계곡은 날카롭고 거칠기보다는 부드럽고 곡선적이지요. 치맛자락처럼 생긴 일출봉은 마치 바다에 선 설문대할망의 치마가 바닷물에 철렁이는 것 같습니다. 멀리서 한라산을 바라보면 한라산을 베개 삼아 설문대할망이 누워있는 것처럼 보입니다. 가끔 코와 입에서 김이 모락모락 나와 안개로 온 섬을 휘감아 도는 것 같습니다. 그럴 때면 신비한 신화의 숲속으로 빨려 들어가는 듯한 착각을 하곤 합니다. 이렇게 제주섬에는 온통 설문대할망의 숨결과 손길이 스며

있어요. 거대한 여신의 품에서 바다도 출렁이고, 나무도 춤을 추고, 대지도 싹을 틔워내지요.

설문대할망은 대자연에 숨 쉬는 생명의 씨앗을 씨실로 삼고 무생물을 날실로 삼아 우주 창조의 길쌈을 하며 사물들을 창조했을 거예요. 어둠 속에서 길쌈을 하기 위하여 밝혔던 등경돌은 아마도 거센 파도와 싸우며 바다로 가는 고깃배들에게 등대 역할을 했을 거예요. 다시 불빛이 켜지는 순간이 기다려지곤 합니다.

제주 사람들은 설문대할망이 한라산신이 되었다고 여겨왔어요. 그래서 한라산에서 길을 잃어도 걱정하지 않았어요. 설문대할망을 부르면 바람으로 혹은 노루로 변신하여 나타나 길을 안내해 준다고 믿었지요. 물장오리에 들어가 나오지 않았다고 하지만 신에게 죽음이란 없기 때문에 어쩌면 생명수인 물로 변하여, 또는 바람의 몸이 되어 날아다니고 있을지도 모르죠. 바다에서 나타나 섬을 만들고 빗물을 모아 온 생명을 키웠던 설문대할망은 물을 품은 대지가 되어 영원히 마르지 않는 생명의 샘을 관리하고 있을지도 모르지요.

한라산을 베개 삼아 누워 그대로 돌이 되었는지도 모르지요. 비와 바람에 깎이어 다시 흙으로 돌아가고 있을지도 모르고요. 창 터진 물장오리로 걸어 들어간 후 용궁을 거쳐 다시 하늘나라로 갔을지도 모르지요. 지구는 둥그니까. 우주는 하나니까.

설문대할망 신화를 읽는 동안 바람이 불어오거든, 거인 여신

설문대할망의 숨결이라 생각하세요. 산바람이 선선하게 불어오
거든 산신이 된 설문대할망이 걸어온 것이라 생각해 보세요. 때
론 자신의 마음속에 큰 울림으로 새겨진 설문대할망의 마음을
생각해 보세요. 우리 모두의 마음속에 스며 있는 창조와 지혜의
근원이 설문대할망 마음일지도 몰라요. 크고 깊은 울림으로 다
가와 문제를 해결해주고 있을지도 모르거든요.

설문대할망 신화를 읽으며, 전 세계적으로 존재했던 창세 여
신이 제주에 존재함을 자랑스럽게 여겼으면 해요. 문명의 시작
점에서 세상을 창조했던 여신의 위대함을 자랑스럽게 여기고,
당당하게 이어갔으면 합니다. 그 당당함을 우리 것으로 자리매
김하는 주도적인 사람이 되었으면 합니다.

# 세상이 생겨난 이야기
천지왕본풀이

천지왕은 이 우주를 창조하고 혼돈에서 세상의 질서를 잡은 최고의 신이에요. 그리스 로마 신화의 제우스에 해당하는 신이에요. 하늘의 신 천지왕은 세상을 다스릴 아들을 얻기 위하여 땅 나라에서 가장 지혜로운 여인, 총맹부인을 찾아 직접 내려옵니다. 인간의 지혜와 하늘의 의지가 결합하여 대별왕과 소별왕을 낳습니다. 우주와 자연의 섭리는 제대로 정리하였지만 인간 세상은 생각처럼 쉽게 정리되지 않습니다. 그 이유는 소별왕에 있어요. 소별왕의 시기와 질투, 욕심 그리고 속임수 때문에 대별왕은 저승을 다스리게 됩니다. 인간 세상이 소별왕을 닮게 되는 이유입니다. 대신에 제주 사람들은 죽음을 두려워하지 않습니다. 살아있을 때의 억울함도 차별도 죽어 저승에 가면 대별왕이 다 알아서 헤아려줄 것이라 믿기 때문이지요. 하늘의 북두칠성 별에서 왔다가 별로 돌아가는 인간이기에, 죽은 후 저승에서 대별왕의 공명정대한 재판을 받길 바라며 관에 북두칠성이 그려진 칠성판을 함께 놓아 보냅니다.

대별왕, 소별왕은 활을 잘 쏘는 영웅이에요. 신화가 만들어질 당시 무기가 활이라는 것을 알 수 있어요. 활을 쏘아 사람들의 고민을 해결해주는 신화는 세계 곳곳에 등장합니다. 이 신화에서는 신이 인간 위에 군림하는 존재가 아니라 인간의 고민을 해결해 주는 존재임을 말해줍니다. 총맹부인은 지혜로운 어머니로서 세상의 고민을 해결하는 열쇠를 제공하는 인물이라고 할 수 있어요. 총맹부인 또는 총명부인이라는 이름에서 볼 수 있듯이 예로부터 어머니됨의 가장 중요한 덕목은 지혜였음을 알 수 있어요. 그리스·로마에서도 신화 속 지혜의 여신 아테나를 가장 소중히 여겨 도시 이름을 아테네라고 불렀고, 가장 오래된 민족 서사시로 일컬어지는 길가메시에서도 지혜를 인간됨의 가장 중요한 덕목으로 제시하고 있습니다.

천지왕은 칠흑같이 컴컴한 혼돈의 시대에 하늘과 땅을 분리하고 빛을 비추게 합니다. 인간들이 어떻게 살아야 하는지 원칙과 방법을 제시해 주는 존재임을 암시하고 있는 말이기도 합니다. 대별왕과 소별왕은 천지왕의 아들로 이승과 저승을 맡아 다스리는 존재예요. 이승을 다스리는 소별왕이 꽃을 바꿔치기하는 행위는 이 세상에 속임수가 존재한다는 것을 말해주지요.

천지왕이 낳은 두 아들이 빛의 존재와 어둠의 존재로 나뉜다는 것, 선한 존재와 악한 존재로 나뉜다는 것은 어디에나 밝음과 어둠이 존재한다는 걸 말해주는 것 같습니다. 빛과 어둠이 세상을 만들어낸 우주의 원리임을 생각해 보면, 살아가면서 부딪히는 어려움은 빛을 찾아가기 위한 당연한 발자국일지도 모르겠어요. 어둠이 앞을 가려 한 발자국도 내딛지 못할 것 같을 때는 오히려 더 넓은 차원에서 빛을 생각해야 한다는 의미로 받아들여집니다. 인간의 내면에 빛과 어둠이 항상 공존하고 있다는 의미이기도 하고요.

빛과 그림자는 계속 대립하며 인간을 성장시키고 세상을 발전시키지요. 이 세상을 누가 차지할 것인지 한판 승부를 벌이는 꽃 키우기는 바로 지금도 이 사회 곳곳에서 이루어지고 있어요. 각각의 인간 내면에서 이루어지고 있기도 하고요. 그러면서도 위험에 직면하면 활이라는 도구를 통해, 하늘을 어지럽게 하고 세상을 혼탁하게 하는 해와 달을 쏘아 없애는 존재가 대별왕, 소별왕이에요.

천지왕은 세상을 창조하였을 뿐 아니라 수명장자라고 일컬어지는 악한 행위를 하는 사람에게 벌을 줍니다. 가난하고 연약한 여성 총맹부인을 괴롭힌 수명장자의 집을 불태워버리고 아들과 딸을 팥벌레와 솔개로 만들어버립니다. 강한 자가 재물이나 권력으로 약한 존재를 괴롭히면 2대에 걸쳐 벌을 받는다고 신화는 이야기합니다.

인격이 뛰어난 대인배와 자기밖에 모르는 소인배의 대결을 어떻게 보아야 할까요? 재물이 있다고 가난한 사람을 무시하는 수명장자의 교만은 어찌 되나요? 어떤 재물도 세상의 약자를 괴롭히는 악행을 저지르면 한순간에 재로 변하고 말 것이라고 신화는 경고합니다. 이런 맑은 법이 존재한다는 것을 신화는 말해주고 있어요.

# 03

# 서천꽃밭 꽃씨로 아기를 점지하는 할망

## 삼승할망본풀이

삼승할망본풀이는 아기를 잉태시키는 삼승할망에 대한 이야기예요. 삼승할망은 삼신이라고도 부르는데 서천꽃밭의 다섯 가지 색깔의 꽃으로 아기를 잉태시키지요. 꽃의 여신 삼승할망이 가져다준 꽃들은 엄마 배 속에서 자라 이 세상에 아기로 태어납니다. 결국 모든 인간은 꽃처럼 아름답게 피어나는 존재인 것이지요. 아기는 꽃이며, 더 많은 꽃으로 피어날 꽃씨이기도 합니다. 이 세상에 태어난 모든 아기들은 각각 자신만의 꽃을 오만 가지 모양으로 피울 수 있는 잠재력의 씨앗입니다.

꽃씨가 상징하는 것은 가능성이고 잠재력이에요. 삼승할망이 보호해주는 시기가 지나면 각자 자신의 꽃을 가꾸어가야 합니다. 모든 인간은 자기만의 꽃을 피울 꽃씨들을 가슴에 지니고 태어나기에 그렇습니다. 얼굴 표정, 말씨, 행동 하나하나가 다 내면의 가능성이 피워낸 꽃입니다. 아직 피어나지 못한 말씨, 마음씨, 솜씨 모두 가능성의 꽃씨지요. 삼승할망이 꺾어다 준 서천꽃밭의 꽃을 자신의 마음 밭에서 가꾸어 피워내야 하는 거지요.

씨앗을 키우는 길은 생각을 하며 살아가는 것입니다. 생각하지 않는 인간은 자신의 마음 밭에 주어진 씨앗을 피우지도 못하고 시들게 만들어요. 마음이라는 존재는 물을 자주 주어야 자랄 수 있습니다. 사랑하는 마음에 자주 물을 주면 사랑하는 사람으로 자라고, 미워하는 마음에 자주 물을 주면 미움이 가득한 사람으로 자랍니다. 생각하는 대로 꽃을 피우게 되는 것이지요.

삼승할망본풀이는 구삼승할망과 삼승할망에 대한 이야기를 통하여 우리 생명의 근원은 큰 나무로 자라 꽃 피우고 열매 맺을 수 있는 씨앗이며, 따뜻한 마음씨가 그중 최고임을 말해줍니다. 이 신화에서는 신의 자녀인 동해용왕 따님아기씨와 인간의 자녀인 명진국 따님아기가 경쟁을 합니다. 신과 인간의 대결입니다. 결국 인간의 딸이 이겨서 삼승할망이 됩니다. 이 세상의 주인이 인간이라는 메시지를 주는 거지요. 또한 신이냐 인간이냐 여부가 아니라 능력과 인품으로 선발의 기준을 삼는 제주 사람들의 관점을 엿보게 해 줍니다.

또한 생명 잉태는 아무나 할 수 있는 게 아니라는 것을 이야기해 줍니다. 욕심이 많고 고약한 구삼승할망은 결코 잉태나 출산을 해낼 수 없습니다. 어머니됨의 중요한 덕목은 생명에 대한 존중과 사랑 그리고 지혜라는 거지요. 또한 빛과 어둠은 항상 함께 다니기 때문에 어둠이 왔다고 힘들어할 필요도 없으며, 빛이 찬란하게 다가왔다고 오만해서도 안 되는 거예요. 생명과 죽음도 항상 공존하기 때문에 생명을 존중하고, 죽음에 겸손해야 합니다. 어둠은 배척하는 대상이 아니라는 것도 이 신화가 우리에게 전해주는 이야기입니다. 어둠뿐 아니라 어떤 악조건 속에서도 포기하지 말고 어루만지고 달래며 꽃을 피우는 것이 지혜로운 것이지요.

대립하는 상대를 무조건 파멸시키는 것이 아니라 잘 달래서 결국은 공존하게 하는 지혜가 삼승할망의 마음입니다. 그 마음이 어머니 마음입니다.

04.

# 벼슬을 버리고 어머니를 살린 잿부기 삼형제

초공본풀이

초공본풀이는 심방(무당)의 시조가 되는 무조신과 그를 낳은 고귀한 어머니에 대한 이야기입니다. 결혼도 안 한 몸에 잉태를 하여 삼형제를 낳고 홀로 아이들을 키워 장원급제를 하게 만든 어머니는 시기하는 무리들의 모함으로 외딴 성에 갇히게 됩니다. 어머니 소식을 들은 세 아들은 벼슬을 다 버리고 어머니를 구하기 시작합니다. 어머니를 구하기 위하여 종을 치고, 악기를 치며, 구송을 하게 됩니다. 결국은 인간이면서 신과의 중간자 역할을 하여 어머니를 구하는 과정에서 심방이 됩니다.

초공은 가장 고귀한 존재라는 뜻입니다. 심방의 역할이 가장 고귀하며, 신 중에 첫 번째 신이 무조신임을 말해주는 신화지요. 세상의 최고 벼슬이 될 수 있는 장원급제를 마다하고 하늘과 인간의 매개자가 되어 인간들을 위로하고 희망을 주는 존재, 심방은 탄생부터 기이하며 이는 하늘이 정해주는 것이라고 이 신화는 이야기합니다.

'이산줄기저산줄기제일고운하늘노가단풍즈지맹왕 아기씨'라는 긴 이름을 가진 아기씨는 처녀의 몸으로 잉태를 하고 삼형제를 낳아 모진 어려움을 겪으며 키웁니다. 삼형제는 어머니를 구하기 위한 굿을 하게 되고, 이후 무조신이 됩니다. 무당이 될 수밖에 없는 운명을 타고난 잿부기 삼형제, 그 삼형제를 낳고 훌륭하게 기른 고귀한 어머니 이야기입니다.

초공본풀이는 하늘이 선택한 심방 역할은 인간의 힘으로 거역할 수 없다고 말하며 무당이라는 신의 매개자의 중요성을 이야기해주고 있어요. 하늘의 명을 수행하기 위하여 즈지명왕아기씨는 험난한 운명의 길을 당당하게 걸어갑니다. 본인이 신이 되는 것이 아니라 아들 삼형제를 훌륭하게 키워 무조신이 되게 하는 이야기를 통하여 어머니라는 존재의 위대함을 다시 한번 생각하게 합니다.

또한 우리나라 고유의 신앙 이야기의 시작점에 '효'가 있다는 것을 상징적으로 이야기합니다. 가난을 벗어던질 수 있는 장원급제라는 기회를 훌훌 던져버리고 어머니를 구하러 가는 삼형제의 행동 속에 예로부터 내려오는 효도라는 가치가 사회에서 얼마나 중시 여기는 가치였는지 엿볼 수 있어요.

# 05

# 꽃향기로 평화를 지키는 서천꽃밭 꽃감관

## 이공본풀이

이공본풀이는 생명의 씨앗이 자라는 서천꽃밭의 신, 꽃감관 이야기예요. 제주 사람들의 이상향인 서천꽃밭에는 인간의 생명과 감정을 관장하는 신기하고 신비한 꽃들이 자랍니다. 생명은 물론이고 인간의 마음과 감정의 꽃씨가 체계적으로 길러지고 관리되고 있는 곳이 이 세상 너머에 있다고 믿는 이야기들은 따뜻하고 아름다운 상상의 결과입니다.

삼승할망이 아기를 점지할 때도 서천꽃밭으로 가서 꽃을 고릅니다. 자청비가 죽은 문도령을 살려낼 때도, 죽은 정수남이를 살려낼 때도 서천꽃밭으로 향합니다. 무엇이든 할 수 있는 꽃들이 자라고 있으니까요. 수많은 신화 속에 등장하는 서천꽃밭은 어쩌면 우리들 가슴속에 피어나는 평화와 생명 존중의 꽃씨라는 생각이 듭니다. 수많은 인간상을 꽃으로 비유하고, 삶과 죽음도 꽃의 피고 짐에 비유하는 이야기가 먼 옛날부터 존재했던 것이지요.

인간의 생명을 쥐락펴락하는 '살 오를 꽃, 피 오를 꽃, 뼈 오를 꽃, 숨 쉴 꽃, 환생꽃'을 키우는 일을 관장하는 꽃감관 한락궁이는 어머니 원강아미의 희생을 통하여 서천꽃밭에 다다릅니다.

임신한 몸으로 먼 길을 걸어야 하는 고난과 종으로 팔려 고생하는 이야기들 속에서 어머니의 의미를 다시 생각하게 됩니다. 더 큰 세상의 평화를 위하여 남편과 자식을 내어놓을 수 있는 어머니. 어쩌면 제주 신화 속 남성 신들의 이야기 속에는 시대의 관습을 넘어서는 모성이 존재했음을 엿볼 수 있습니다.

한 인간의 내면에 존재하는 수많은 자아, 감정도 마찬가지입니다. 마음속 어딘가에 죽음과 삶 그리고 자신의 감정을 관리하는 서천꽃밭이 존재하는 거지요. 내 안에도 서천꽃밭의 꽃감관이 있고 여러 감정들을 관리하여 나를 나답게, 나와 더불어 사회가 지속 가능하게 해 주고 있는 거지요.

사라도령과 한락궁이는 원강아미의 희생을 통하여 꽃감관이 되지요. 가정의 행복만을 위해 안주하지 않고 수많은 사람들의 보다 나은 삶을 위하여 집을 나서는 남자들의 뒤에는 출산과 육아를 도맡아 했던 어머니의 희생이 있었다는 것을 생각하게 합니다.

죽은 어머니를 서천꽃밭의 꽃으로 살려내고 아들 한락궁이는 꽃감관이 됩니다. 인간이 살고 죽는 것이 꽃으로 가능하다는 상상, 전쟁에서의 승리도 무기가 아닌 꽃향기로 가능하다는 상상, 어머니의 원한에 대한 복수도 칼과 총이 아닌 꽃으로 가능하다는 상상에 많은 생각을 하게 됩니다. 감정 하나가 사람을 죽이기도 하고 살리기도 하는 현대의 사회상을 떠올리며, 감정꽃을 관리하는 내 안의 꽃감관을 상상하는 것만으로도 이성적인 판단을 하게 만듭니다.

수명장자의 잘못으로 인하여 그 일가친척이 모두 벌을 받는다는 이야기의 의미 또한 큽니다. 케네디 대통령이 언급한 '나쁜 중립'이나 단테의 신곡에 나오는 '사악한 천사의 중립'을 떠올리게 합니다. 부당한 사회에서의 침묵은 악의 편이라는 거지요. 사회공동체의 역할에 대해 생각하게 합니다. 나는 결코 독립적일 수 없습니다. 모두가 연결되어 있어 내가 울린 종소리가 결국은 친족, 지인, 지역공동체의 사람들에게 영향을 준다는 것을 이 신화를 이야기하고 있습니다.

신화는 상상력 그 이상의 의미와 상징을 지니고 있다는 것을 이공본풀이를 통하여 알게 됩니다. 서천꽃밭은 이 세상 너머 상상 속 서천에 있을 수도 있지만, 인간의 마음 깊은 곳에 있을 수도 있답니다.

# 06

# 자신의 복을 가지고 태어난 감은장아기
## 삼공본풀이

감은장은 '검은 나무로 만든 바가지'라는 뜻입니다. 감은장아기라는 이름이 의미하는 것은 가난과 여성이지요. 그러나 감은장은 나무라는 의미와 더불어 '검다'라는 의미를 상징합니다. 세상 모든 빛을 합하였을 때 만들어지는 검은색은 고귀한 색깔입니다.

가난한 거지 부모에게서 태어난 감은장아기는 가난이 되물림되던 시절에 태어나지만 스스로의 힘으로 가난을 극복하고 여성에 대한 사회적 편견을 극복하여 집안을 번성하게 만듭니다. 검은 암소를 타고 집을 나와 스스로 남편을 선택하고, 옥석을 구별하는 능력으로 부자가 됩니다. 자신을 버린 부모를 찾아 모시는 모습까지, 시대를 초월하는 리더상을 보여줍니다.

감은장아기는 자신의 능력으로, 특히 그 시대의 여성상과는 다른 독립된 주체로 서서 주어진 운명을 헤쳐나갑니다. 시대의 관습에 도전하는 대답을 한 감은장아기는 부모로부터 쫓겨나게 됩니다. 검은 암소를 몰고 집을 나선다는 것은 감은장아기가 세상의 고난을 이겨낼 에너지가 있다는 것을 암시합니다.

감은장아기는 마퉁이 집에 들어가 스스로 남편을 고릅니다.

그것도 세 가지 관문을 통과하는 사람으로 말이지요. 낯선 여자를 어떻게 대하는가? 부모를 어떻게 모시는가? 마만 먹던 사람이 새로운 먹거리인 쌀밥을 어떻게 대하는가? 이 세 가지 상황에 대처하는 삼형제의 모습을 보고 스스로 막내마퉁이를 짝으로 정합니다. 그리고 가난과 여성이라는 자신의 운명을 함께 개척해 나가기 시작하지요.

인간은 끊임없이 변화를 갈망하는 존재입니다. 동시에 새로운 것과 변화를 두려워하는 존재이기도 합니다. 새로운 것을 받아들이는 열린 마음과 더 나아지려는 변혁의 의지가 세상을 변화시키는 마중물이지요. 자신이 처한 상황에서 가장 부정적인 상황을 어떻게 보느냐는 살아가는 태도를 결정짓는 중요한 판단의 근거가 됩니다.

감은장아기는 가장 부정적인 조건인 가난과 여성이라는 상황을 자신이 딛고 새로워질 변화의 상징으로 보았어요. 오히려 여성으로서의 지혜를 생각했고, 남편이 지녀야 할 성품을 정하고 그에 합당한 남편을 스스로 선택합니다. 남편이 일하고 있는 곳으로 함께 가서 돌을 일구고 빛나는 돌을 발견하지요. 열심히 일구고 얻은 것들로 어떻게 해야 부자가 될 것인지 알고 남편에게 조언합니다. 여자는 집안일만 한다는 관습 역시 바꿔버리지요.

큰 부자가 된 감은장아기는 거기서 안주하지 않아요. 감은장아기와 막내마퉁이가 마지막으로 한 일은 거지가 된 부모를 만나기 위하여 거지 잔치를 연 것이지요. 스스로 운명을 개척하고 경제 활동을 하여 부자가 되었지만 부모가 거지가 되었다는 소식을 듣고 가슴 아파합니다. 비록 자신을 내쫓은 부모이지만 자식으로서의 도리와 부모에 대한 사랑을 잃지 않는 모습에 하늘도 감동하여 부모에게 선물을 줍니다. '감은장아기야'라고 부르며 딸의 모습을 확인한 순간 눈을 뜨게 되는 거지요. 자신의 운명을 주도적으로 개척하는 여신 감은장아기의 모습에서 주도적이고 진취적인 여성상뿐 아니라 역경을 기회로 만드는 지혜와 인간다운 따뜻한 성품이 길러내는 대인배 여성의 모습을 볼 수 있습니다.

결국 삼공본풀이는 인간의 운명과 업은 타고나는 것이지만, 주도적인 삶의 태도와 지혜 그리고 자신의 상황에 대한 긍정적인 삶의 태도가 그 운명을 바꿀 수 있다는 걸 말해줍니다. 복덩이 감은장아기의 탄생으로 가난했던 집안 살림이 펴게 되지만, 교만해지는 순간 그 재물은 한순간에 사라져 버립니다. 부자가 되자 교만해진 부모는 자식들에게 공치사를 들으려 합니다. 오로지 부모님 덕분이라고 대답하는 언니들의 입발림에 흡족해하는 가부장적인 근성을 갖게 된 거지요.

그러나 열다섯 살이 된 감은장아기는 부모님에 의존하기보다는 자신의 운명을 스스로 개척한다는 대답을 합니다. 그 결과 부모는 감은장아기를 내쫓아버립니다. 검은 암소에 짐을 싣고 집을 나가는 감은장아기는 부모 그늘에서 벗어나 독립적인 삶을 시작하는 주도적인 젊은이를 생각하게 합니다.

감은장아기는 아무도 모르는 마퉁이네 집으로 들어가고, 스스로 남편을 선택합니다. 그 판단의 기준은 마퉁이들이 부모를 대하는 태도입니다. 어른을 대하는 태도, 부모를 대하는 자세가 인성의 기본 바탕임을 신화는 이야기해 주고 있습니다. '효'가 최고의 인성 덕목임을 말해줍니다.

더불어 적극적이고 도전적인 여성상을 보여줍니다. 집에서 쫓겨나 갈 곳 없는 처지에 놓인 열다섯 살의 여자아이가 환경을 탓하지 않고 스스로 역경을 극복하고 문제를 해결해나가는 주도적이고도 진취적인 태도를 가졌을 때, 문제는 하나씩 해결됩니다. 결국 역경과 고난은 한 인간을 무너뜨리기 위하여 다가오는 것이 아니라 더 높은 수준의 인격이 되기 위한 통과의례라는 것을 신화는 말해줍니다. 자기 인생의 주인이 되어 주도적으로 문제를 해결해가는 감은장아기 같은 사람이 되라는 거지요.

감은장아기가 나가버리자 집은 점점 가난해지고 부모는 눈이 멀게 됩니다. 시기와 질투로 동생에게 거짓말하는 두 언니를 청지네와 말똥버섯으로 만들어버리는 감은장아기는 그 순간 신의 영역으로 들어서고 있다는 걸 알 수 있습니다. 사람을 귀히 여기고 존중하는 막내마퉁이는 감은장아기를 아내로 받아들이게 되고 금과 은을 발견하여 부자가 됩니다.

거지 잔치를 벌여 부모를 찾는 감은장아기는 자신을 버린 부모님께 효도를 하는 것으로 오히려 더 큰 의미의 되갚음을 합니다. 인간의 마음에 울림을 주는 행동이야말로 벌이나 꾸짖음보다 한 단계 높은 수준의 해결책임을 말해줍니다.

# 07

# 염라대왕을 데려온 강림

## 차사본풀이

차사본풀이는 저승에 다녀온 강림 이야기를 통해 지혜와 정성의 힘을 보여주고 있습니다. 악행의 결과를 낱낱이 보여줌으로써 '인간은 어떻게 살아야 하는지' 생각하게 합니다.

버무왕의 세 아들을 죽이고 재물을 빼앗은 과양생이 처는 아들이 장원 급제하는 순간 눈앞에서 죽어버리는 형벌을 받지요. 그럼에도 불구하고 원님에게 원인을 밝히라는 생떼를 부리지만 결국은 자신의 나쁜 짓이 만천하에 드러나 벌을 받게 됩니다. 스스로 자초하는 어리석음이 인간을 파멸하게 만든다는 것을 보여주는 거지요.

열여덟이나 되는 각시를 가진 강림은 어려운 상황에 처하자 자신을 도와줄 사람은 결국 큰부인뿐임을 깨닫게 됩니다. 순간의 유혹에 빠져 판단을 하지 못하는 사람들의 모습을 보여줍니다. 큰부인의 인내와 기다림은 강림을 반성하게 합니다. 큰부인의 지혜와 배려 그리고 한없는 정성은 조상신을 감동하게 하고 그 감동이 문제를 해결하는 원동력이 됩니다.

겉으로는 땅땅거리면서도 문제 앞에서는 쪼그라드는 유약한 강림은 성안에 아홉 각시, 성 밖에 아홉 각시를 거느린 한량이었습니다. 그러나 강림이 용기를 얻고 염라대왕을 잡아올 수 있게 해 준 것은 그동안 본 척도 하지 않았던 큰부인이었습니다. 저승을 다녀오는 과정을 통하여 강림은 부인의 진가를 제대로 알게 됩니다. 큰일을 당해 봐야 사람을 알 수 있다는 이야기입니다.

자신이 부정되는 과정 속에서 견디고 살아난다면 더 큰 그릇이 된다고들 합니다. 강림이 겪은 모든 과정은 그동안의 생활과는 다른 힘든 여정이었지만 조왕할망과 문전신의 도움을 받으며 큰부인이 평소에 잘 모신 덕을 톡톡히 보게 됩니다. 강림은 비로소 진정 자신을 위하는 사람이 누구인지, 입에 발린 말로 현혹해 온 사람이 누구인지 알게 됩니다.

이 신화는 또 하나의 여인 과양생이 처를 통하여 반성을 모르는 악인의 최후를 보여줍니다. 남을 괴롭히며 이룬 성공은 결국 다 밝혀지며 그 대가를 치르게 된다는 걸 말해줍니다. 또한 큰부인의 모습에서 정성은 하늘을 감동하게 한다는 진리를 깨닫게 됩니다. 인간답게 산다는 것이 어떤 것인지 알게 됩니다. 제주 신화는 그 자체로 살아가는 태도를 익히는 교과서라고 할 수 있습니다.

# 08

# 농사의 신·사랑의 신, 자청비

## 세경본풀이

세경은 농사를 일컫기도 하고 넓은 들판을 일컫기도 합니다. 세경본풀이는 농사의 신 자청비에 대한 이야기이지요. 자청비는 단순한 농사의 신이 아닙니다. 사랑과 모험을 즐기며 한 인간이 얼마나 성장할 수 있는지 보여주는 대서사시의 주인공입니다. 하늘과 땅을 오가며 사랑을 하고, 서천꽃밭을 수없이 오가며 사람을 살리고 전쟁을 승리로 이끄는 진취적인 여신입니다.

하늘나라의 난리를 서천꽃밭의 꽃으로 평정하는 여장수 자청비의 모습은 칼이 아닌 꽃으로 평화를 지켜내는 제주인의 내면적 강인함을 말해줍니다. 그 공을 인정하여 상을 내리고자 하지만 재물도 권력도 마다하고 자청하여 오곡 씨앗을 가지고 인간세상으로 옵니다. 자청하여 낳은 여자아이, 자청하여 남장을 하여 과거 시험 보러 가는 아이, 자청하여 하늘나라로 가서 문도령과 혼인한 자청비는 여성이라는 한계를 열정과 용기 그리고 사랑으로 극복하며 사회 통념과 싸웁니다.

위기에 처할 때마다 남장을 하는 사고의 유연성과 땅과 하늘을 마음대로 오가며 발휘하는 자청비의 지혜와 용기는 한계를 벗어난 차원에서 위기를 극복하는 수단이 됩니다. 이러한 도전과 지혜 그리고 용기는 개인의 욕망을 너머 모두의 만족을 위한 농사의 세상을 만듭니다. 세상을 풍요롭게 만드는 농업혁명의 상징입니다.

큰 사랑의 결과는 씨앗과 열매로 귀결됩니다. 꽃도 그렇고, 나무도 그렇고 인간의 사랑도 그렇습니다. 사랑을 위하여 하늘나라로 간 자청비가 하늘에서 곡식 종자를 가지고 내려온다는 것은 사랑이 결실을 맺게 되었고 인간 세상이 풍요롭게 된다는 걸 의미합니다. 남녀의 사랑을 넘어서서 하늘과 땅의 사랑을 주도하는 신으로 좌정한다는 것이지요.

하늘의 자손인 문도령은 농사에 필요한 비와 바람입니다. 인간의 자손인 자청비는 씨앗을 심습니다. 특히 척박한 땅이 대부분인 제주에 필요한 메밀은 자청비가 깜빡 잊고 내려오다 올라가서 다시 가지고 내려온 씨앗입니다. 하얀 메밀꽃이 피면 자청비가 배고픈 제주도 사람들이 메밀을 수확하도록 돕는 상상을 합니다. 일 년에 두 번 심을 수 있고, 어떤 척박한 땅에서도 잘 자라는 메밀은 자청비 덕분에 제주 사람들을 굶주림에서 구해준 효자 씨앗입니다.

정수남은 목축의 신이 되어 농사를 돕는 가축들을 관장합니다. 유목시대를 끝내고 농사를 시작하는 이야기가 자청비 신화를 만들어내었고, 하늘과 땅이 하나되어 곡식을 키워내는 이야기가 다시 새로운 이야기를 만들어냅니다.

09.

# 삼천 년을 산 사만이

멩감본풀이

어려운 사람들에게 인정을 잘 베풀면 하늘이 정한 수명도 바꿀 수 있다는 걸 말해주는 신화입니다. 가장 작은 자에게 행한 것이 가장 큰 것이라 했습니다. 보잘것없는 작은 것들, 힘없는 사람들, 장애가 있는 사람들, 가난한 사람들 역시 인간으로서의 존엄을 지닌 소중한 존재라는 것에 대한 인식은 힘들고 어려운 사람들을 도와주는 태도에서 비롯된다는 걸 이 신화는 이야기합니다. 잘 산다는 것이 어떤 것인지 생각해 보게 합니다. 가진 것이 없어도 훌륭하게 살 수 있으며 그것은 상대방에 대한 존중과 배려에서 온다는 것이지요.

금전만능의 시대에 사만이 이야기는 마음 부자가 결국은 진짜 부자라는 이야기를 합니다. 조상 덕에 잘 산다고들 하지만 요즘은 베푼 것에 대한 보답을 당대에 받는다고 합니다. 가난한 노파가 켠 촛불이 가장 늦게까지 빛나고 있었듯이 가진 것이 없어도 더 없는 사람들에게 베푼 것이 결국은 자신을 위한 것으로 되돌아온다는 걸 생각해 보게 하는 신화입니다.

부모님을 일찍 여의고 거지로 살았지만 마음이 착한 사만이와 아내의 행동은 하늘을 감동하게 합니다. 당장 먹고살 돈이 없음에도 불구하고 남을 돕는다는 것은 어려운 일입니다. 살림살이가 쪼들리는 가난 속에서 늘 긍정적인 마음으로 남을 도우며 산다는 것은 정말 어려운 일입니다. 그러나 그런 삶을 사는 사람들을 하늘은 돕는다는 거지요.

이 사회는 인다라의 구슬처럼 각각의 인간들이 다 연결되어 있습니다. 나 혼자만 생각하는 이기심이 사회를 가득 채울 때 결국은 나도 잘 살 수 없다는 거지요. 눈앞에 보이지는 않지만 함께 잘 살아야 결국 모두가 잘 된다는 것을 말해주는 신화입니다.

사만이는 부인이 빌려온 돈 백 냥을 가지고 장터로 가서 거지 아이와 장님 부부를 위해 그 돈을 쓰고 빈손으로 옵니다. 돈 백 냥이 다 사라져 버렸지만 베푸는 것을 좋아하는 사만이는 기분이 좋아집니다. 밥해 먹을 쌀 한 톨이 없는 상황에서 어이없는 선행일지도 모릅니다. 하지만 극한 상황에서 타인을 배려하고 존중할 수 있는 사람이기에 하늘을 감동시키고 더 큰 배려를 받게 된다는 거지요.

멩감본풀이는 사만이 이야기를 통하여 인정을 잘 베풀면 하늘이 정한 수명도 바꿀 수 있다는 메시지를 우리에게 전해줍니다. 가난하지만 인정이 넘치는 사만이는 자신도 어려운데 고아와 노인, 장애인을 보면 그냥 지나치지 못해 밥을 사 먹이고, 옷과 신발을 사서 입혀 보냅니다. 사만이의 부인은 이러한 남편에게 아무 말도 하지 않습니다. 그리고 "남편은 인정을 베푼 죄밖에 없다.”고 합니다. 또한 저승차사들의 말을 통해 베풀면 언젠가는 돌아오는 것이니 자기만을 위해 사는 이기주의자와 사만이를 비교하게 합니다. 결국 자기밖에 모르는 자는 그 행위로 인하여 외롭고 불행해질 것임을 역으로 이야기합니다.

내가 번 돈이 내 돈이 아니라, 내가 쓴 돈만이 내 돈이라는 이야기가 있습니다. 남에게 베푼 것이 소중하다는 말입니다. 베푸는 삶이 이 사회를 행복하게 만든다는 말입니다. 당장은 나만을 생각하는 것이 이익이 된다고 생각할지 모르지만 세상은 알음알음 연결된 사회라고 신화는 말합니다. 내가 한 선행은 훗날 더 큰 선행으로 나에게 돌아오고, 내가 한 악행은 훗날 더 큰 악행으로 돌아온다고 신화는 말해주고 있습니다.

손해 보는 것 같지만 남에게 베풀고 조상에게 베푼 것들이 결국은 나를 위한 일이라는 것입니다. 이기적인 사람이 많은 사회라고 하지만 누군가 먼저 남을 배려하는 참된 사랑을 실천할 때 기적은 일어나고, 더 큰 응답을 받게 된다고 신화는 말합니다. 사만이가 베푼 인정으로 인하여 결국 삼십 년밖에 못 살 수명을 삼천 년으로 늘리게 된 것처럼 말이지요. 사만이는 수명과 덕을 관장하는 신이 되었답니다.

# 10

# 부엌을 지키는 조왕할망과 문을 지키는 녹디생이

## 문전본풀이

제주에는 집 구석구석에 신들이 자리하고 있어요. 부엌에는 조왕할망, 마루에는 문전신, 변소에는 통시할망, 대문에는 정낭신, 앞마당엔 안칠성, 고팡에는 고팡할망이 있어 매사에 조심조심 행동하게 만들지요. 문전본풀이는 이 신들 중 문전신, 조왕할망, 통시할망, 정낭신에 대한 이야기를 풀이해줍니다.

착하기만 하고 지혜롭지 못하면 남선비처럼 부인과 아들 모두를 죽게 할 수도 있다는 것이지요. 생각 없이 아무나 믿어도 안 되며 어떤 결정을 할 때는 신중하게 이것저것 생각해 보아야 한다는 거예요. 또한 나쁜 짓을 하면 그 순간은 속일 수 있으나 하늘이 보고 있고 땅이 보고 있고 바다가 보고 있다는 것을 상징적으로 이야기합니다.

노일제대귀일의 딸 같은 나쁜 사람을 상대할 수 있는 능력을 막내 녹디생이가 지녔다는 것은 예로부터 제주에서는 막내가 응석받이가 아니었다는 걸 말해줍니다. 수명이 짧았던 옛날, 부모들은 막내를 강하게 키워야 했습니다. 지혜롭고 변별력이 있으면서 자립심이 강하고 야무지며 총명한 판단력을 길러야 부모가 없는 세상을 살아갈 수 있다는 부모의 염원을 엿볼 수 있습니다.

형들이 잘못 보고 있어도 막내는 지혜롭게 일을 처리합니다. 녹디생이가 그렇습니다. 형들의 이야기를 그대로 믿고 따르는 것이 아니라 한번 더 생각하고 신중하게 일을 처리합니다. 그래서 신화 속에선 가장 중요한 현관문을 지키는 문전신을 막내 녹디생이에게 줍니다. 나이보다 신중함과 지혜로운 판단이 더 중요하다는 것입니다. 제주 신화에서 신의 위상은 서열이 아니라 능력에 따른다는 것, 나이보다 능력을 더 우선시했던 민주 사회의 모습을 엿볼 수 있습니다.

문전본풀이 속에는 당시 제주의 사회상과 문화 그리고 제주인의 의식과 관점이 들어있습니다. 집집마다 문을 지키는 문전신이 있기 때문에 올레에서부터 "삼춘, 집에 이수강?"(어르신, 집에 계신가요?)라고 여러 번 부른 후 인기척이 있으면 들어가고 인기척이 없으면 돌아갔다고 하지요. 그 집에 들어가려면 막내 녹디생이인 문전신에게 먼저 허락을 받아야 했습니다.

부엌의 신 조왕할망(조왕신)은 불의 신입니다. 불이 있어야 집안에 온기가 듭니다. 불이 있어야 집안이 밝습니다. 어둠을 물리치고 빛을 가져오는 게 불입니다. 그래서 조왕할망은 모든 부정을 없애 신성하게 만들고 집안에 활기를 불어넣어 주는 신입니다. 그래서 예부터 어머니나 할머니는 아침 일찍 일어나 정성스럽게 조왕할망께 기도를 올렸지요. 부엌을 지키는 조왕할망은 가족에게 빛이 되는 건강과 생명을 지켜주는 신입니다.

11.

# 원인 모를 병을 없애주는 지장아기

지장본풀이

지장본풀이는 착하기만 해서 속으로만 참고 참다 죽은 지장아기가 새로 환생하여 병을 옮기는 기이한 사연의 근본을 찾아가는 이야기입니다. 착한 성품으로 인하여 힘든 일을 당해도 표현하지 않고 속으로만 꽁꽁 숨긴 사람은 죽어서도 그 쌓인 한이 풀어지지 않아 다른 사람에게 날아가 병을 퍼뜨린다는 겁니다. 마음속에 괴로움과 슬픔이 있을 때, 스트레스가 심할 때 표현하지 않고 있으면 마치 새처럼 다른 이들에게 날아들어 그 병을 옮기게 된다는 거지요. 결국 참아서 생긴 마음의 병은 사라지는 것 같지만 결국은 사라지지 않고 자신만이 아니라 다른 사람에게까지 그 아픔을 옮기게 된다는 이야기입니다.

지장아기는 자기 의지와는 무관하게 어린 시절에 부모를 잃게 됩니다. 어렵게 결혼한 남편도 갑자기 죽어버리고, 시부모까지 갑자기 죽어버리는 아픔을 겪게 됩니다. 착한 지장아기는 모든 것을 자신의 탓으로 돌립니다. 돌아가신 분들을 위하여 정성껏 기도를 올립니다. 하지만 정작 자신을 위한 기도는 올리지 않습니다.

모든 사람들이 지장아기를 안타깝게 여기고 착하다고 칭송합니다. 가슴속에 슬픔을 간직한 지장아기는 결국 죽어서 새로 환생합니다. 하지만 가슴에 한이 쌓인 채 죽은 지장아기는 사람들에게 날아가 병을 퍼뜨리는 새가 되고 맙니다.

'머리로 가면 두통새, 눈으로 가면 눈 흘기는 새, 코로 나오면 거친 숨 쉬는 악숨새, 가슴으로 가면 답답증과 열불 나는 열불새, 입으로 가면 생각 없이 아무 말이나 조잘거리는 오두방정새'

그 새를 위하여 기도를 드리며 지장아기가 겪은 이야기를 하나하나 꺼내어 풀어주어야 병이 낫게 됩니다. 지장아기가 퍼뜨리는 병은 전염이 됩니다. 약을 써도 낫지 않는 병은 세상을 공포의 도가니로 몰아넣지요. 어떤 약도 들지 않는 병, 수많은 사람을 죽음으로 몰고 가는 병을 고칠 수 있는 방법은 지장아기가 겪은 기구한 이야기, 한 많은 이야기를 다 꺼내어 대신 말해주고, 들어주고, 정성으로 풀어주는 길밖에 없다고 이야기합니다.

가슴속에 묻어둔 채 누르고 누르는 감정들 역시 마찬가지입니다. 밖으로 꺼내어 표현하도록 도와주고 그 이야기를 진심으로 들어주고 풀어주어야 해결된다는 거지요. 그러지 않으면 나쁜 병을 옮기는 새가 되어 여기저기 날아다니며 병을 전파합니다. 이 새들이 몸과 마음으로 들어와 휘돌아다니면 앓아눕게 되는 거예요.

우리 조상들은 신화를 통해 지장아기의 내력을 풀어주고 달래주어 새가 환자의 몸과 마음에서 날아가도록 해 왔습니다. 아픔

은 가슴속에 쌓이고 쌓인 분노와 슬픔 같은 스트레스가 원인이
라는 거지요. 남의 슬픔과 원한은 풀어주었으나 자신의 원한과
슬픔은 고스란히 안고 죽은 지장아기가 새가 되어 여기저기 날
아다니며 괴로움을 전염시키는 것처럼 가슴에 쌓인 감정들은 아
픔의 원인, 병의 원인이 된다는 거예요.

순간순간 가슴에 쌓이는 스트레스나 괴로움을 풀어내는 장을
마련하고 말로 혹은 글로, 그림으로, 몸짓으로 표현해야 병이 생
기지 않는다는 겁니다.

12.

# 대접받는 만큼 대접하는 마마신

## 마누라본풀이

마누라본풀이는 천연두신, 마마신 이야기입니다.

옛날 어린아이들은 모두 마마를 앓았어요. 어떤 아이는 마마를 앓다가 죽기도 하였고, 어떤 아이는 마마를 앓고 나서 얼굴이 곰보가 되기도 하였어요. 마마를 앓는 모습이 다 다른 것은 마마신이 변덕스러워서라고 합니다. 기분이 좋을 때는 마마를 살짝 앓게 하고, 기분이 나쁠 때는 마마를 심하게 앓게 하거나 죽게 한다는 거지요. 그러나 그 변덕에는 이유가 있습니다. 마마신은 자신을 대접한 만큼 대접을 해 준다고 해요. 공손히 대해 주면 곱게 마마를 앓게 하고, 멸시하거나 섭섭하게 하면 곰보딱지를 만들어버린대요.

마마신은 또한 여자를 업신여겼습니다. 삼승할망은 여자를 업신여기는 마마신을 괘씸하게 여겼습니다. 마누라본풀이에서는 삼승할망과 마마신과의 관계에 대한 이야기가 전개됩니다. 귀한 아기들에게 마마를 퍼뜨려 얼굴을 곰보로 만드는 마마신을 삼승할망은 못마땅해합니다. 삼승할망은 마마신을 만나서 귀한 자손인 아기에게 심하게 마마를 앓게 하지 말라고 합니다. 아기처럼 귀한 존재가 어디 있냐고, 소중히 여기자고 하지요. 그러나 마마신은 들은 척도 하지 않고 아이들에게 마마를 앓게 하고 곰보로 만들어버립니다.

　이러한 마마신에게 삼승할망이 내린 판결은 '눈에는 눈, 귀에는 귀'였습니다. 삼승할망은 마마신도 똑같은 아픔을 느껴보아야 자신의 잘못을 알 거라고 생각했습니다. 삼승할망은 마마신 부인에게 아이를 점지해줍니다. 너무나 기뻐하는 마마신 부부. 그러나 기쁨도 잠시지요. 잉태는 하였지만 해산달이 지나도 해산을 하지 못합니다. 마마신의 부인과 배 속의 아이는 죽음의 문턱까지 가게 됩니다. 마마신 부인은 마마신에게 아기와 자신을 살려달라고 애원합니다. 삼승할망에게 무릎을 꿇고 빌어서라도 아기를 해산하게 해 달라고 부탁합니다. 그제서야 깨달은 마마신은 사과를 합니다. 삼승할망은 사과로 그치지 않고 무릎을 꿇게 만듭니다. 여자를 함부로 봤던 마마신은 삼승할망의 기세에 꼼짝 못하고 무릎을 꿇고 사죄하여야 했습니다.

　세상 모든 존재는 귀하다는 깊은 애정을 가진 삼승할망은 어머니됨의 기본 자세를 보여줍니다. 세상의 꽃이며 미래의 주인이 어린아이들에게 누구도 함부로 해서는 안 된다는 것을 마마신 이야기를 통하여 전해주고 있습니다. 자신에게 대한 만큼 되돌려주는 마마신이라 할지라도 어른이 행한 업보를 아이들에게 갚아서는 안 된다는 것입니다. 어린아이들에게는 어느 누구도 함부로 해서는 안 된다는 것을 마누라본풀이의 삼승할망과 마마신 이야기로 전해주고 있습니다.

**13.**

# 재물과 복을 나누어주는 고팡할망
## 칠성본풀이

옛날 사람들은 하늘의 별로 인간의 운명을 점쳤습니다. 하늘의 별 중 우리 민족에게 가장 많은 영향을 준 별은 북두칠성입니다. 제주 사람들은 칠성대촌이라 부르는 성안에 북두칠성 모양의 칠성대를 세워 제를 지냈습니다. 북두칠성을 보며 계절을 예측하였습니다. 밤하늘의 별을 관찰하며 절기를 판단했고, 그에 맞추어 농사를 지었습니다. 제주의 해민들은 북두칠성을 나침반으로 하여 먼바다로 항해하였습니다. 할머니들은 칠성단을 쌓고 정화수를 올려 집안의 편안과 화목을 빌었습니다.

수렵시대에서 농경시대로 넘어오면서 곡식을 많이 수확하고 또 그것을 잘 보관하는 것이 무엇보다 중요해졌지요. 곡식이 곧 부의 상징이 됩니다. 곡식이 곧 돈이었으니까요. 수확한 곡식으로 옷감도 바꿔오고, 필요한 물건들을 살 수 있었기 때문에 저장을 해두고 이것저것 사야 했습니다. 고팡에 곡식을 보관하고 지키는 일이 중요해졌습니다. 특히 야금야금 곡식을 훔쳐가는 쥐로부터 곡식을 지키는 수문장이 필요했습니다. 고팡에 뱀이 있으면 쥐들이 함부로 드나들지 못하였습니다. 뱀이 재물을 지키는 역할을 하게 된 거지요. 고팡에 드나드는 쥐를 잡아먹는 뱀이었지만 곡식에는 손을 대지 않았으니, 쥐로부터 곡식을 지켜주는 뱀을 모시는 풍습이 생기게 되었습니다. 뱀이 부를 지켜주고 재물을 모아주는 상징이 된 거지요.

또한 뱀은 십이지신 중 여섯 번째 동물로 지혜롭고 영리하다고 전해왔어요. 주기적으로 껍질을 벗고 새롭게 거듭나는 것 역시 생명력과 영생의 상징으로 보았습니다. 뱀이 나오는 꿈을 태몽이라 여겨 기뻐했고 서로 축하했습니다. 뱀은 지혜와 풍요 그리고 재물을 지켜주는 고마운 존재이면서 동시에 생김새와 독 때문에 두려운 존재이기도 합니다.

히포크라테스 선서문 첫 문장에 등장하는 의술의 신 아스클레피오스가 들고 있는 지팡이에는 뱀 한 마리가 똬리를 틀고 있는데, 서양에서의 뱀은 치유와 다산을 상징입니다. 또한 뱀은 땅에 가장 가까운 존재로서 위대한 어머니, 즉 여신을 상징하고, 또한 지혜로운 존재를 나타냅니다. 이승과 저승을 드나드는 존재로 여기기도 했고요. 그러나 언제부터인가 여신인 뱀신들은 남성신에게 퇴치됩니다. 모계 사회에서 부계 사회로 접어드는 과정에서 위대한 여신들이 남성을 위해 희생되는 운명을 맞게 됩니다.

제주 신화 칠성본풀이는 하늘의 북두칠성처럼 집안을 지켜주는 또 하나의 칠성을 모시는 이야기입니다. 장설룡 부부의 딸이 처녀의 몸으로 잉태를 하고, 배 속에 일곱 마리의 뱀이 들어있다는 것은 상징입니다. 고귀한 존재인 여인이 고귀한 존재인 일곱 자녀를 잉태하였다는 거지요. 곱게 자란 장설룡 대감의 아기씨가 뱀으로 변하게 되고, 배 속에 일곱 딸까지 있다는 것을 알게 된 장설룡 대감은 딸을 무쇠 상자에 넣어 바다로 던져버립니다.

함덕리 바닷가에 떠내려온 무쇠 상자를 열어보고 뱀이 된 아기씨와 일곱 딸에게 침을 뱉고 버린 해녀와 강씨 하르방은 시름시름 앓게 됩니다. 갑자기 가난해집니다. 그러나 이들을 칠성신으로 정성껏 모신 사람들은 가난에서 벗어나 부자가 됩니다. 재물과 풍요를 기원해주는 일곱 뱀은 제주 사람들의 중심에 자리 잡은 북두칠성 신앙과 통합되어 새로운 신화로 만들어진 것이라 여겨집니다. 제주 사람들의 생활에 깊숙이 스며있는 북두칠성처럼 일곱 뱀도 무사 안녕과 풍요를 가져다준다고 여기는 거지요.

제주시 원도심에 있는 칠성골(칠성통)은 신화 속에 나오는 송대정 대감의 집이 있던 동네입니다. 이야기 속 상상의 인물이 아니라 실존했던 인물로 전해지고 있으며, 그가 살던 집 주변을 칠성통(칠성로)이라 부릅니다. 행정구역으로는 일도1동과 건입동에 속하지만 신화 속 마을 이름인 칠성통으로 더 많이 불리고 있습니다. 일곱 개의 칠성대가 있던 자리마다 칠성대 표지석이 세워져 있습니다. 패션의 아이콘이며 행정의 중심이었던 칠성통에는 북두칠성 이야기와 칠성본풀이가 일곱 개의 칠성대터와 성주청터와 더불어 전해 내려오고 있습니다.

**신나락만나락
춤추는 신화**

2025년 6월 30일 초판 1쇄 발행

글       박희순
그림      신기영
펴낸이    김영훈
편집      김지희
디자인    부건영
편집부    이은아, 김영훈
펴낸곳    한그루
        출판등록 제6510000251002008000003호
        제주특별자치도 제주시 복지로1길 21
        전화 064-723-7580   전송 064-753-7580
        전자우편 onetreebook@daum.net  누리방 onetreebook.com

ISBN 979-11-6867-225-3 [43380]

ⓒ 박희순, 2025



값 15,000원

＊ KC마크는 이 제품이 공통안전기준에 적합하였음을 의미합니다.